百味沙洲

谭旭日 著

百花文艺出版社
天津出版传媒集团

图书在版编目（CIP）数据

百味沙洲 / 谭旭日著. -- 天津 : 百花文艺出版社,
2025. 3. -- ISBN 978-7-5306-9050-5
Ⅰ. I267
中国国家版本馆CIP数据核字第2025QC7961号

百味沙洲
BAIWEI SHAZHOU
谭旭日　著

出 版 人：薛印胜
责任编辑：王　欣　　**装帧设计：**云上雅集
出版发行：百花文艺出版社
地址：天津市和平区西康路35号　　**邮编：**300051
电话传真：+86-22-23332651（发行部）
+86-22-23332656（总编室）
+86-22-23332478（邮购部）
网址：http ://www.baihuawenyi.com
印刷：长沙市精宏印务有限公司
开本：710毫米 × 1000毫米　1/16
字数：220千字
印张：16
版次：2025年3月第1版
印次：2025年3月第1次印刷
定价：98.00元

如有印装质量问题，请与长沙市精宏印务有限公司联系调换
地址：长沙市开福区德雅路1246号
电话：（0731）85817162
邮编：410023

自序

百味是乡愁

大抵是小时候穷怕了，对吃就有了天生的热爱。

我从小生活在一个名叫朴塘的江南小山村，跟随父母及外婆在村子里长大。我的父亲是乡村中学教师，最初母亲在省城工作，生了我们姐弟几个后，便回到村子里做起了赤脚医生。这种半边户家庭最大的苦难就是吃不饱，但也饿不死。

从小学到初中，我随父亲在镇上的平背中学生活，跟着父亲吃食堂。学校食堂有教职员工的，有学生的。其中学生食堂是好不到哪里的，厨师大都顶职而来，根本没学过什么厨艺，更谈不上对工作有多热情。至于后勤人员嘛，跟学校上层多少有点牵扯不清的关系。

正是在这样的环境下，我们从小在饥饿中度过，对美食的那种馋不是一般人能够理解的。其实，我们眼里的“美食”无非是碗中有肉，有油水，有足够下饭的分量。

每到周末，父亲会从安平墟或平背墟买点猪肉，有时还会带一条草鱼、一斤煎豆腐回家。这已经是当时农村生活场景中难得的盛事了。每周母亲煎了肉，俗称油渣，会留着给我们吃，剩下的会用辣椒粉干煸，然后用玻璃瓶装着给我们带到学校吃。

后来，我到长沙读书，每次离开家乡，母亲都会做很多坛子菜给我带上。每次临行前，母亲会打开箱子，看能装多少进去。多了，担心我拿不动；少了，生怕我不够吃。这就是母亲，一生都在爱与被爱中默默关心她的子女。

多年过去，父母离开了人世，我们也进入了中年，对父母的爱开始有了新的理解。虽然母亲的厨艺谈不上有多美，却让我们打心底对美食有了特别的记忆。时至今日，我写美食的万千文字里，最美妙的应该还是妈妈的味道。

我从小好吃，在家里吃完饭，总喜欢赶到百米开外的外婆家里。外婆生了十一个孩子，其中三个舅舅都在十一岁这个坎上离开了人世。我无法想象外婆的内心对失去亲人是一种怎样的痛。父母结婚后，母亲留在外婆家，算是对外婆最长情的陪伴。

在外婆家里的饭桌上，四季都有我喜欢吃的干萝卜丝蒸猪大肠、擂辣椒、扎心肉等。那些年，我的胃仿佛一直是空的，永远一副饥饿的样子，焦急地等待着每一次投喂。在那样的岁月里，作为外婆心头的满孙，虽然在吃饱方面对我的偏爱有别于常理，但也可以理解。这就为我今日的胖打下了坚实的基础。

庆幸的是，我参加工作后，一直从事办公室工作，做过厂长秘书、办公室主任等，这些岗位几乎离不开吃吃喝喝。尤其前些年，虽然公务接待不奢侈，却异常繁重。凡是来单位的检查、视察、洽谈大多是饭前，然后便少不了推杯换盏。办公室主任管着全单位的吃喝拉撒，也算是一份体面的工作。

许是从小怕饿，我吃饭的速度特别快。至今在单位里吃饭，若不是特地减慢速度，就会三下两下扒完饭，一副永远吃不饱的样子。我这种惊人的吃饭速度常常让单位很丢面子。

三十岁以后，我离开故乡，到南方工作。以前除了猪肉，我是不吃鸡、鸭、鱼等鲜活动物肉的，只钟爱吃豆制品，如水豆腐、煎豆腐、豆腐乳、香干子等，好像上辈子是佛家弟子。后来，我跟随第一个东家，开始尝试各种各样的顺德美食，比如经常到大良的顺峰山庄、北滘镇美的大佬何享剑老爷子开的鱼庄大快朵颐，瞬间被顺德的美食带入了一种全新的体验中。至此，我一发不可收地爱上了南方美食。“食在广州，厨出凤城”，绝不是一句吹牛话了得的。

多年后，我到广东佛山的白坭镇生活，这里溢满疍家文化的西江美食颠覆了我对美食的认知。2017年，我来到小镇生活已不是一年两年的事情了，对小镇的美食版图有了详尽的了解。说来也巧，那年《佛山日报》“今日三水”版负责人陈伟鹏和宾水林两位老师来白坭讲课，我借机向他们申请开设《白坭美食》专栏并获允。从此，我不光擅长吃美食、做美食，还开始写美食了。在众多美食作者当中，我自诩是一个能吃、能写、能烹饪的全能型写手。也是出于这样的原因，我又与酒结下了缘。开始写美食专栏之后，我的体重比文字增长的速度要快。但我仍然没有停止吃喝，那种大块吃肉、大口喝酒的酣畅感一度令我的岁月难以平静。

2021年，我的体重接近两百斤，才发觉岁月至此，已是中年，“油腻”一词成了心底的阵痛。当发现一米七的身高，每一厘米都承载着十多斤肉时，我开始审视自己的人生。我一再谢绝老板的挽留，决定离开这个有吃有喝的岗位。我嘲笑自己，一个人连“喝水都长肉”时，何其痛苦。

都是美食惹的祸。

一个人对美食的嗜好无法走出身体所不能承受之重。

2023年，我回到湖南郴州，来到沙洲村。这里是“中国美丽休闲乡村”“中国少数民族特色村寨”，因发生了“半条被子”的感人故事而闻名全国。沙洲村的美食更是令人徒生敬意。虽然我在这里不再胡吃海喝，但随着时日的不断加深，我对沙洲村的美食有了新的理解。在这个红色小村中，所有美食都是一锅富民、安邦的菜，一锅新时代乡村振兴的菜。

在此，我遇到了郴州市委驻沙洲村工作队队长谭诗华。我向他说："我来写沙洲美食吧。"这一写就成就了《百味沙洲》的雏形，并成功在红网开设专栏进行连载。当时光穿透食物，当滁河的水在岁月的深情中流逝，红色沙洲就有了岭南的气象、湘南的厚度。《百味沙洲》所写的每一道菜都与沙洲的风土、人情、风物相关联。从这些食物中可以读出新时代乡村振兴过程中奋发有为的中国味道和力量。

感谢红网及郴州市委驻沙洲村工作队的"饭搭子们"，除了在沙洲饭堂里和他们吃过一两次饭，因为沙洲美食这友谊的黏合剂，让我们成为彼此早晚的问候与牵挂。而我在岁月的深处，除了有对美食的眷恋，更有对故乡滋味的百般珍惜。

百味沙洲，所有滋味都是我心底的乡愁。

目 录
CONTENTS

第一辑 美味篇

第三辑 寻味篇

第一辑
美味篇

军民鱼水情

一部红军史，“半条被子”情。

久闻家乡汝城文明瑶族乡沙洲村的革命故事，我趁清明回乡祭祖，打道去沙洲追寻革命先烈的足迹。

那天下午，我从郴州出发，沿夏蓉高速到汝城，途经五盖山景区、赤石大桥。这条路之神奇在于五盖山到赤石大桥段常年云雾缭绕，宛如仙境。过了赤石大桥，很快就进入了汝城地界，到文明乡不久，向右拐下高速，直奔沙洲村。

朋友说，不尝尝地道的沙洲美食便不算到过沙洲。沙洲红色旅游名声在外，这里的瑶民有着独特的饮食文化。沙洲是瑶族的居住地，当地瑶族百姓并无太多瑶族特征，其着装与当地的汉族百姓如出一辙。沙洲村的饭店中，当数瑶家乐农庄最为火爆。店主李根良是资兴人，他的爱人黄红梅则是地地道道的沙洲人。早年夫妻两人在东江湖开办民宿和餐饮店，家乡沙洲村火了以后，他们便放弃东江湖的生意，毅然决然地回到了家乡。由于夫妻两人都是餐饮里手，今天的瑶家乐农庄成了沙洲美食界的扛把子。

那天，我到瑶家乐农庄，老板娘黄红梅端出一盘菜，取名“军民鱼水情”。腊肉和剁椒鱼肉，是别有一番风味的组合。黄红梅介绍说，这道菜创作于2020年9月20日，当时参加县里的厨艺大赛并获得金奖。做这道菜源于2020年9月16日国家领导来沙洲考察，讲到了“半条被子”，红军和百姓的感情恰如鱼水情深。当时她就站在领导身边，至今倍感荣幸。当年，村民曾用腊肉赠红军，自己就想着做一道有寓意的菜。

黄红梅介绍，这道菜选用沙洲村的腊肉和滁河里的鱼。过去，虽然这里的物产不是特别丰富，但足以养活一方水土上生长着的人。沙洲村居住的都是瑶族百姓，生活习俗与当地的汉族百姓相同。做腊肉、干菜、腌菜、糍粑的手法一致。沙洲人养猪多为圈养，打猪草，煮潲，可谓生态养殖。更多时候捡得剩饭剩菜，还有淘米水汇成潲水，再煮熟喂猪。不仅环保，没有催熟剂，猪肉的品质口感好，而且膘厚，油多，瘦肉多。猪养足了膘，就得宰杀。到了寒冬腊月，杀年猪，做腊肉成了沙洲村春节待客的重要食材。

我到瑶家乐农庄后厨看师傅如何烹饪“军民鱼水情”，只见师傅拿出一坨腊肉，用开水煮一会儿，将腊肉皮上的灰尘刨干净，切小块。再解刀，切片，约半厘米宽。将滁河的草鱼切片备用。

起锅，开火，猛火烧红锅子。将腊肉落入锅子，炼油，将腊肉略微炸出些许油，使得肥肉不腻。加入少许调料，使其入味。随后，将腊肉摆盘。再洗锅，将锅烧红后下水煮沸，将鱼片下入其中快速捞起。摆入盘中，将调好的辣椒末以及配料一起淋在鱼片上，再用沙洲村的素菜制作搭配，一道色泽鲜艳、咸香俱佳的“军民鱼水情”便大功告成。

在沙洲，腊肉的做法有多种，可爆炒，可蒸，可煨，这样的制作可谓创新之举。入口后，发现腊肉的肉质紧致，极具咀嚼感。加上鲜嫩的鱼片入口，一干一滑之间，食物的双重组合在蒸煮之气与爆炒的镬气中呈现出独特味道。

折鸡蛋双拼

沙洲本土菜系折鸡蛋是一道留得住乡愁，吃得出烟火味的美食。

瑶家乐农庄的老板娘说，不吃一道折鸡蛋就不算到过汝城。这道菜之所以能够成为沙洲特色招牌菜，看似不起眼，制作也平常，更没有多少技术含量，凭的是足以慰藉无以计数沙洲游客的肠胃。

汝城与粤北山水相邻，是湘粤菜系交汇融合的地方。作为湘粤文化的传承地，饮食无疑充当了先锋。作为湘南菜系中的重要载体，折鸡蛋却以粤菜的表现形式，以传统的手工技法，成为汝城地方饮食特色。

从高空俯视，沙洲村形似双鱼图阳极，滁河水作为轴线，又糅合了阴极之灵气。在华夏古老而丰富的哲学思维中，蕴含了博大精深的文化文明。沙洲见天地，得乾坤，故而万物在这里生生不息地生长。千百年来，这里猪牛成群，果蔬丰盛，折鸡蛋所选的食材便是沙洲地道的食物，由土猪肉、马蒂、葱白非常简单的几种食材组合而成。

折鸡蛋双拼选用沙洲村本土自然圈养的土猪，利用传统手工做法，葱白切末，马蒂则选用沙洲文明的田野自产之物，刨皮，切粒，再用刀剁碎搅拌成馅料。把十个土鸡蛋打入碗里，用筷子快速顺着一个方向打散成蛋糊。辅以少许盐、胡椒粉、味精搅拌而成，备用。

起锅烧油，用沙洲村的菜籽油，八成热，将蛋糊倒入锅中煎至两面金黄。分三锅煎完，再用刀切成片，把剁碎的土猪肉、马蒂、葱白肉馅像包饺子一样以鸡蛋片包裹而成。一盘装15 ~ 20个。

沙洲人做这道菜一般选择逢年过节，或者家里来了重要客人，算作一个荤菜碗。在过去的农耕岁月中，村子里远离圩场，遇上农忙时节，剁肉卖鱼多有不便。久而久之，折鸡蛋便成了沙洲村乃至汝城县内乡村一道待客的硬菜。如今，汝城人走南闯北，都会想念这道美味佳肴。

折鸡蛋看似简单，一为煎，二为蒸。后者则只需置于蒸笼中蒸15 ~ 20分钟即可。沙洲村因红军赠送徐解秀老人半条被子的故事火了后，每天来村子里旅游的、研学的、瞻仰的、缅怀先烈的人不计其数。客人来自省内的也好，省外的也罢，参观之余，都会尝尝特色美食，感受沙洲的美好生活。

沙洲瑶家乐农庄的老板李根良颇具创新精神。为了给这道菜赋予新的含义，用沙洲自产玉米切片摆盘一圈，一碟沙洲自产茶油剁辣椒酱植入其中，汇成拼盘，使得菜品的品色及味蕾丰富了起来，既照顾了辣食者的口味，又照顾了岭南游客的情绪。

折鸡蛋双拼推出后，各店家纷纷效仿。此菜口感既有鸡蛋的焦香，又有马蒂的爽脆，猪肉的软糯夹着葱白的香气，直穿舌尖。蘸上辣椒酱后，那种乡土气息便扑面而来。那玉米切片的清香和枸杞的红亮，一口下去，满足感非常饱足。而煎黄的蛋饺与本身散发出的肉香味足以令人销魂。

在沙洲，遇到喜庆日子，一盘折鸡蛋双拼端上桌，宛如金色玉盘，那满桌喜庆有余的景象便是沙洲人写在脸上的幸福模样。

沙洲鱼粉

沙洲美食之多，堪称湘南农村的样板。汝城有的美食，沙洲都有，郴州有的美食，沙洲也有，足见沙洲人走南闯北的眼界开阔，能够汲取其精华。这就是沙洲，包罗万象。

夜宿沙洲，早餐只有一家农庄开店。我到店后，对老板说，想吃一碗地道的郴州栖凤渡鱼粉。她连声允承，说早上刚好买了鲢鱼，就做一锅沙洲鱼粉。

在郴州，栖凤渡鱼粉是这座城市最具代表性的传统美食，鱼粉色泽红亮，香味浓郁，入口鲜美。传说栖凤渡与三国名士庞统有一段渊源。起初庞统并不被刘备重用，只得一县令的小职。一次，他投宿栖河古渡小镇，因心事重重而食欲不振，一夜辗转难眠。第二天起床已是晌午时分，顿觉饥肠辘辘，而店家早已卖完了吃食。这时恰巧一位渔翁打鱼回来经过此店，店家便急中生智，买了一条鲢鱼，现杀熬汤，调入永兴豆豉油、茶油等作料，用家里过节备用的干切粉做成一碗鱼粉。庞统食后胃口大开、酣畅淋漓，顿时觉得精神抖擞，大声赞道："此乡野之味，亦可登大雅之堂！快哉！快哉！"

庞统到任后，励精图治成就一番事业。因庞统号凤雏，后人为纪念庞统，便将其夜宿的古渡称为栖凤渡，而那碗激励其心志的鱼粉被称为栖凤渡鱼粉，这便是栖凤渡鱼粉的由来。

到了20世纪80年代，许多栖凤渡人到郴州卖鱼粉干起了个体户，栖凤渡鱼粉在郴州、在许多县市有了不小的名气。无论早餐还是夜宵，郴州人都喜欢吃一碗栖凤渡鱼粉，人生快意不过如此。

鱼粉制作工艺精湛，技艺高超，是一道难得的美食。随着时代的发展，这些地方美食早已在这座城市成了全域性的地理标志饮食。栖凤渡与沙洲距离百里不到，这里的人走南闯北，做一碗鱼粉是信手拈来的事。

难得的是，离沙洲两公里不到的文明水库盛产鲢鱼，肉质鲜嫩、细腻，连鱼鳞都可以直接入口。制作沙洲鱼粉则是选用沙洲本土的米线。

只见厨师将新鲜的鲢鱼破肚，斩块，下姜块，沙洲山泉水下锅浮后煮八分钟，备用；接下来倒入沙洲菜籽油到另外一个锅，油热后，倒入姜末蒜蓉，翻炒两三下，加沙洲石臼舂碎的干辣椒灰，再加盐、味精，勾芡均匀。将汤汁倒入鱼汤中一起熬煮成浓汤汁。

沙洲本土手工切米粉放温水中浸泡半小时。待水沸沸，将米粉煮3～5分钟。紧接着，拿出大青花碗，抹一小勺文明豆豉油，撒葱花，用烧红的茶油淋在调料上面，发出嗞嗞的响声。在茶油的高温下，葱花瞬间散发出诱人的清香。再勾汤搅拌，捞起米粉放入汤汁中。随后，选取鱼汤中完整的鱼块盖在米粉上面。

沙洲鱼粉看似大功告成，店家还炒了几道罩子（长沙叫码子），有沙洲的青椒瘦肉、卜菜（即腌菜）萝卜干、干茄子、酸菜末，酸辣甜香，任君选择。

虽然沙洲鱼粉与栖凤渡鱼粉在米粉的用料上不同，但沙洲山泉水甘甜，蕴含丰富的矿物质，加上沙洲米粉为干米粉，久晒筋道，软糯爽口。因此，沙洲鱼粉之独特味道自成一派风格。

沙洲昼夜温差大，是典型的山区气候。清早的沙洲，鸡鸣狗叫，果园里四处散发着柰李的果子香气，微风一吹，瞬间让人陶醉。坐在沙洲村中央，一桌一凳一鱼粉，便是人间好时节。

沙洲仔姜炒鸭

百丈岭横亘在湘南大地上，绝非一座寂寂无名的山峦。解放革命时期，红五军团十三师从延寿到文明途中，在百丈岭打过阻击战。这座令人敬佩的山峦清秀隽永地屹立在岭南之巅。因常年青山苍翠，绿树成荫，翠竹成行，奇峰异石，自然生态之美，备受徒步者的青睐。

山谷中，清泉石上流。山泉一路向北，浩浩荡荡地流到不远处的文明水库。有了水，便有了滁河，沿河两岸的瑶家儿女便有了世代赖以生存的源泉。在滁河的沿岸，稻田、土地、万物得以生长。滁河上游，沙洲肥沃的田野里蕴含着丰富的生命养分。比如稻田里的小鱼、禾虫、丰富的水藻都是养鸭养鹅的天然饲料仓。自古以来，沙洲人喜欢散养鸡鸭鹅等走地入田的家禽，也喂养猪牛。

每年春天过后，村子里的人挑灯选种蛋，开始孵化鸭苗。鸭子在滁河一带畅游啄食，在水塘里戏水。早稻时节，小鸭们穿行于稻田之中，啄食稻田里的飞蛾、蚯蚓、小鱼、小虾。秋天收割季节，正是鸭子走向成熟的绝佳时期。田野中到处都有丰盛的美食。冬天里，养鸭人把成批的鸭群往田野里一赶，一声吆喝响亮每一个清晨，而山峦的回响更像一曲乡村恋曲，令人心旷神怡。

沙洲村也好，秀水村也罢，遇上四时八节的好日子或家有来客，吃鸭子，做腊鸭成了这片神奇的红色革命土地上流传至今的习俗。沙洲人吃鸭子，花样并不多，由板栗煮、青椒爆炒、干红椒面爆炒发展到今天的仔姜炒鸭，成了食客追逐的美味佳肴。

沙洲水土好，物产自然丰茂。这里地处高山深处，生长的辣椒、生姜、紫苏、葱蒜皆为上品。这些都是炒好一道鸭的重要配料，其独特的食物成就了地方饮食的独特风味。

沙洲盛产麻鸭，个头儿不大，只有两三斤。至今，沙洲人杀鸭仍保留着独特的手段。先给鸭子喂点家产的老酒，再宰杀。烧水褪毛，再用禾秆或柴火掸绒毛。这样掸出来的鸭子，不仅表皮保留了独特的禾草焦香，而且锁住了水分，使鸭肉更富有紧致的肉质气息。

将鸭肉开半，切成小条，再斩碎，以小指宽为佳。起锅，干锅爆炒鸭约五分钟，沥水，去汁。洗锅，大火烧热，倒入百丈岭茶油或沙洲菜籽油，下老姜块爆香，加入干辣椒段爆香。将沥水鸭肉翻炒，倒入米酒浮二十克，继续翻炒五分钟，又加一把老姜，盖锅焖十分钟左右待收汁。加入一把大蒜头和一把子姜一起翻炒。此时，加盐、蚝油、生抽两勺、老抽一勺，爆炒约五分钟。加入蒜苗段，放胡椒粉一勺、鸡精少许，炒匀出锅。

如今，沙洲红色旅游热带动沙洲餐饮走向世界。村里的餐饮食肆飘满了鸭肉的香味。沙洲仔姜鸭嚼劲足，唇齿留香，吃完后，游客可以在店里的小院围炉煮茶。傍晚可以看彩霞满天，夜里可以看星月相伴，听滁河流水、鸟啼虫鸣。一边吃沙洲的干果，一边喝茶、赏月、拉家常，其乐融融。

眼下，沙洲村正在发生历史巨变，越来越受到外界的关注，游人们从五湖四海赶赴这里，感受战火岁月中的精神洗礼、革命情怀。同时，美食让人回归自然与生态，是赋予这片神奇土地的另类馈赠。

盐菜扣肉

夏天一到，沙洲村的菜地里长满了各种各样的蔬菜瓜果。沙洲村四面环山，万物化生，滁河水孕育着丰富的象数和义理，山之刚，水之柔，合力将小村滋养着。

沙洲村蔬菜茂旺之时正是夏季。这里的人趁天气好，普遍自制腌菜、干菜，作为寒冬腊月的备菜。沙洲人习惯于四季储备菜干，以备不时之需。正所谓春晒笋干、蕨菜干，夏晒芥菜干、豆角干、茄子干、辣椒干，冬晒萝卜干、白菜干等，家家户户几坛子菜干，也有的做起来了盐菜。

据考证，明清时期，沙洲一带的崇山峻岭为荆楚大地重要的盐茶古道之一。湘南地区的原居民很多从百丈岭一带穿越高山，到岭南乐昌挑盐巴、换茶。千百年来，勤劳的先民留下了自腌自制盐菜的古老技艺。沙洲的盐菜扣肉以鲜嫩的盐菜配以本土猪肉，制作成别有风味的地方喜宴菜肴。

村子里红白喜事，但凡有酒席场合，就必有盐菜扣肉。对于沙洲人来说，酒席没有这道正菜，就显得主家小气。村子里的人做喜酒也是厨师的拿手绝活。师傅不会做盐菜扣肉，就不会被人请动。沙洲盐菜扣肉选用上等的五花肉，四方见块，一般选用一斤六两左右的五花肉。

在沙洲瑶家乐农庄，后厨大师傅告诉我，一道成功的沙洲盐菜扣肉，四方造型必须美观，酱红油亮，肥而不腻，肉烂味香，才能赢得顾客的称赞。要做好盐菜扣肉，食材很关键。选带皮五花肉，用本土葱姜及酿糯米酒涂抹腌制，置于油锅中煎炸至金黄。肉块炸好后，置于大锅中蒸煮四十分钟，当肉质软烂，又不损外形时，便可开始加工好盐菜的炒制，有的配上切碎的笋干，以增加盐菜扣肉的味道。

只见师傅起锅烧油，放入葱花、姜丝爆香，放入盐菜炒一炒，略加辣椒灰、胡椒粉等调料，装入瓦钵或者喜酒专用的磅碗（大碗），把煎炸好的扣肉开始解刀，切成十小条，底下不断肉。师傅先用大碗把炸制好的扣肉皮朝碗底摆好，上面再装炒好的盐菜。装好后，压实一下，再用一个大碗反扣，这样，一碗荡气回肠的盐菜扣肉初具气象。

沙洲做喜酒一般用八仙桌，师傅将扣肉切成十条，确保每人一条，还有剩余。一来显主家大方，二来隐喻吃喝有余。之后，将调制好的酱料均匀地淋在扣肉上面。开始用柴火灶架上木甑笼蒸盐菜扣肉。约一个小时后，老成一点的蒸菜师傅能闻香识味。什么时候出锅、什么时候上桌，拿捏得十分精准。

对于沙洲村的酒席来说，喝酒吃肉乃人生快意之事。一碗盐菜扣肉，肥而不腻，软烂入味，下饭下酒皆可。沙洲人讲究，称扣肉一入口，酒在肚中走。盐菜咸辣鲜香，更是佐饭的开胃菜。一碗盐菜扣肉端上桌，管事的礼师便吆喝帮厨，鸣炮以示礼节。

今天，沙洲村不再只有逢年过节或者红白喜事才能吃上盐菜扣肉，富裕起来的沙洲村人日子越来越幸福，只要想吃，便可到村子里的几个餐饮农庄点菜消费，一道软烂醇香肥而不腻的盐菜扣肉即可大快朵颐。

那盐菜干油光透亮，香味扑鼻。朋友说，此物解乡愁，化乡愁，洁脏腑，消积食。一碗盐菜扣肉让日子过得更加生津开胃。

NO.7

胡葱炒蛋

春天一到，大自然从来不吝啬任何一个地方，无论是高山还是湖泊，无论是草原还是沼泽。自然的馈赠总是令人难以忘怀。在沙洲，这个季节最令人心动的当数漫山遍野的野菜，一簇簇嫩芽，一片片五颜六色的野草、野花，多到令人心醉。

早在冬季的时候，沙洲村的山野中便开始嫩芽冒头，这些刚刚生长出来的野菜很多成了难得的盘中美味，其新鲜度和时令性比村子里的桃红李白更加惹人喜爱。那些从城市来沙洲踏青的游客对食一口鲜如追捧明星般的感觉有过之而无不及。

沙洲人菜园子里的辣椒、黄瓜、豆角、空心菜、茄子、香葱、大蒜、藠头正日渐茂盛。菜园里低洼的角落里，或田埂边、水塘边，总有些意外发现，令人惊喜。比如胡葱，它们一把把、一丛丛地生长，远看像葱，近看像藠头，每当寒冬腊月，这物种便开始肆意生长。

沙洲人叫胡葱，又名野藠头。家家户户扯上几把当配菜，炒猪肉、腊肉、鸡蛋、五花肉特别香。

这是湘南农村广袤的土地上普遍共生的野菜，它长得很有特色，一般叶子细长，如同藠头的叶子一样，茎叶纤细，刚出土十天半个月，茎叶十分鲜嫩。小孩不会扯的，很容易扯断，一股浓郁的辛辣气息扑面而来，瞬间会使人落泪。但凡没有农村生活经验的人，都不知道用手捏住地面，然后往上一提，则整篼连根拔起。而地下的根茎则是球状的，与藠头非常相似，多数呈圆球状，但个头儿要比藠头小些，清洗胡葱非常花费时间和精力。胡葱茎叶纤细，枯叶还得一根根摘掉。洗净后，它成了沙洲农家菜中的佳品。

将胡葱切成细段，拿出三五个农家鸡蛋，打壳划散，备用。起锅，倒入菜籽油，待油温达九成热，开始倒入鸡蛋糊，在锅中两面煎黄，再用铲子切成小块，捞起置于碗中。再倒油，将胡葱段倒入爆炒，三五下后便将煎好的鸡蛋一起拌炒。翻炒不过一两分钟，加入盐、味精、胡椒粉，便可装盘。食客若夹一口送入嘴中，滚烫的胡葱段，满含煎鸡蛋的清香，一同送入舌头。那鲜嫩、可口的胡葱炒蛋比韭菜更能激发食客的味蕾。做好这道菜可不止于一个炒蛋，还可以加五花肉片，更富有猪油的混合香气。

在沙洲，胡葱切成末，与鸡蛋一起搅拌煎胡葱鸡蛋饼。此外，还可用它剁碎包饺子、包子，一样香味浓郁。若是寒冬腊月，来了远客，沙洲人还会拿下屋梁悬挂的腊肉腊鱼、盐菜，用胡葱爆炒，那独有的香气丝丝入味。

野藠头不光开胃下饭，其营养价值也要赛过大葱大蒜。据悉，它不光含有丰富的维生素、多种氨基酸，还富含大量的矿物质，尤其钙、铁等元素含量很高，孩子们多吃有助于长身体。此外，其辛辣有助于杀菌，经常食用有助于身体健康。

沙洲人中流传一句俗语：胡葱打个屁，炒么子都有味。足见这货通气，亦是春季碗中一尤物。

红烧猪脚

当沙洲红色游日益成为美好生活的向往，唯有文化能够展现其独特魅力。对于来此旅游的旅客来说，沙洲独特的美食体验是一场饕餮盛宴。

沙洲人的餐桌上满是自然对沙洲的馈赠，无论是地上走的、水里游的，还是山上长的、地里种的、土里栽的。这里的山珍非常地气，比如春笋、木耳、雷公菌、蘑菇都是城里人难见之物。这些得天地灵气、吸万物精魂的物产堪称山珍中的天花板。滁河水既利万物，又滋养着一方水土。沙洲人种菜得菜，种瓜得瓜，且不说沙洲的柰李之美、枇杷之甜、河鱼之鲜，就连喂养的猪、牛、羊都生态质美。

沙洲人自古就有杀年猪的习惯，除了为喜庆的年节平添几许欢喜，还可以积攒孩子来年的学费、给家人添置几套新衣。在那种农耕岁月里，沙洲人以此寄托对美好生活的期盼。杀年猪后，主家一般习惯留下猪杂如猪肝、猪肺、猪心、猪肚、猪腰子、猪耳、猪脚等用来待客，做杀猪菜，做腊盘子肉。俚手的堂客趁着好日子，叫来亲朋好友美美地搓一顿。

沙洲人无论是杀猪宰牛，还是杀鸡剖鱼，都喜欢用古老的方式来处理食物之间的杂物和异味。比如杀鸡，用山泉水烧沸，用来烫鸡，这样连绒毛都能去除，且皮质带有禾秆草的清香。比如猪脚，用柴火钳放在柴火中烧红，再在皮肉上烙一番，使未尽的猪毛及表皮的角质层得以清除干净，再用刀一一刮剔干净，用泉水洗净。再用砍刀将猪脚砍成小块。沙洲人喜欢做一道正宗的红烧猪脚，以此来慰藉一年的辛劳。

做红烧猪脚时，先将猪脚焯水，将浮油角质处理后，捞出来放在大盆里，架上木甑笼，起火蒸煮。后来，有了高压锅后，直接放在高压锅里煲煮。猪脚煲煮时间视口感软烂程度而定。年轻的喜欢有点嚼劲，年长的喜欢入口软化。所以，煲猪脚时间在15 ~ 25分钟为宜。

从高压锅捞出的猪脚要再加工，一般先下菜籽油，烧红后，倒入猪脚爆炒，冒出皮肉煎炸之气时，加入切好的青红椒段，开始加适量的盐、生抽一勺、老抽半勺，再加胡椒粉、生姜片、大蒜头一起爆炒约五分钟，待调料浸透入味，开始加入少量的鸡精和文明乡自产的豆豉油，再放上些许蒜苗头，这样一锅黄亮亮、油津津、香喷喷的红烧猪脚便可端上桌了。

在沙洲，豆豉油是一种神奇的食物，很多看似平淡的食材，其实蕴含着丰富的地理、风物间的关联。红烧猪脚若是没有这道作料，也就没有沙洲红烧猪脚的独特香醇及入口化甘的味道了。

在过去的岁月中，春节时，沙洲村人吃猪脚，只有盐、味精、辣椒灰、胡椒粉、豆豉油几样作为配料。今天，沙洲人依旧保持着这些传统的烹饪技艺，偶尔也注重创新，以新鲜的食材代替并丰富其内涵，以品相和质量吸引更多的游客。

邂逅沙洲，除了历史的经典和红色的传唱让人流连忘返，沙洲独特的瑶家风味让来过的人念念不忘，让没来过的人充满向往，更让沙洲人在致富的路上，与游客演绎出双向奔赴的动人故事。

小笋炒腊肉

雨水节气来临，沙洲村村前村后的山峦上，春笋陆陆续续地冒出地面，生怕成了春天的拖延者。它们向自然索取阳光雨露，吸汲天地万物间的灵气。

进入春雷滚滚、春雨绵绵的日子，雨后春笋便是沙洲山间最美的景象。这里地处南岭与岭南的分界处，沙洲在岭之北，这边的雨水更加丰茂。加上地理气候的不同，这里的土壤更加肥沃，出产的小笋品种与岭南不同。

但凡吃过小笋的人，肉眼便能辨识竹笋的外形及品质。受气候与土壤影响，竹笋的品种各异，味道差距很大。沙洲属于南岭高寒山区，经历过霜雪的历练，出产大的小笋味道比岭南的小笋更胜一筹。

每年清明前后，沙洲附近的山岭都能见着小笋的身姿，左一丛，右一簇。当地村民纷纷趁好时节上山采摘小笋，这时的小笋又肥又嫩，体纤细长，温文尔雅，剥开笋壳，宛如白玉，洁白无瑕。正是这靠谱儿的品质，春来沙洲吃小笋成了游人的一件正事。

沙洲人做小笋炒腊肉，食材皆为沙洲本土的上等食材。小笋若干，冬藏上等腊肉一块，盐菜一把，蒜苗、大蒜头、干红辣椒若干。配料皆切成段状，备用。

现场把采摘回来的小笋剥了笋衣，去除硬笋，再用刀拍打小笋，这样更入味。若不想拍打，直接切成段亦可。把腊肉放入锅中煮一会儿，用刀刮掉腊肉外面的炭灰层，处理后肉质通体晶莹。再将腊肉切成块，喜欢咀嚼的可厚一点，喜欢清爽的则薄一点。接下来，将配料切好，备用。

起锅，先将腊肉爆炒一下，断生。腊肉爆炒剩下的油烧红，倒入小笋，猛火爆炒三十秒左右。倒入腊肉，翻炒四五下，加盐、鸡精少许，加入配料一起爆炒。出锅，装盘。一道金黄油亮、腊肉飘香的小笋炒腊肉即盛大出炉。

沙洲村前村委书记、文化人朱晓勇兄长与我交流时笑道："沙洲美食见沙洲性格。"这不，《尔雅》称笋为"竹萌"，《说文》中则称其为"竹胎"，笋成了先贤盛赞的山珍，说明沙洲小笋正是沙洲人品格的象征。一道金灿灿、香喷喷的小笋炒腊肉吃在嘴里爽滑酥嫩，口感饱满，清新的香气和淡淡的苦味让人回味悠长，这是春天的味道，更是沙洲的味道与气节。

自古以来，清明前后的小笋成了沙洲人的餐中必备，家家户户吃笋。更有甚者，把小笋制作成笋干、酸笋片，无论干货还是鲜货，都被当地人视为春节盘中佳品。勤劳的沙洲人在剥小笋时，用完整的笋衣制作一把雨伞状的小道具作为孩童的玩具。更有手艺灵巧者，制作笋衣织物作为避雨用具。

沙洲小笋不光炒腊肉，荠菜炒小笋、小笋煎蛋、小笋炒酸菜皆为上品。每每春天一到，小笋便采天地之灵气，成就了沙洲饮食风物的厚重之作。

何为山珍，沙洲小笋，便是！

何为气节，沙洲小笋，可畏！

文明水豆腐

“过年呷豆腐，来年更幸福。”这是文明瑶族乡百姓流传已久的俗话。每到逢年过节，家家户户团圆的日子，这里人们桌子上的豆腐碗必不可少。韩田村、沙洲村瑶民制作的手工豆腐成了远近闻名的老作坊。

到沙洲游玩，吃一碗文明水豆腐就算到过沙洲了。沙洲村的几家餐饮店里，一道文明水豆腐有多种烹饪法。

沙洲风物之盛得益于地势之坤。沙洲与韩田村一样，这里出产的豆子都是传统的豆种。村子里的人把豆种在菜地里、田埂上，以及滁河蜿蜒的河道边。沙洲和韩田村素以黄土为主，土壤看上去贫瘠，实则肥沃。村里人传统的积肥多，生态种植赋予了沙洲独有的植物品质。

滁河的水滋润着这方水土。滁河境内水系并不发达，向北流向耒水，汇入湘江，素有“耒水之源”之称，两岸风光秀美。沿途曾为明代著名地理学家徐霞客游记里的风景名胜，沙洲周边的高椅岭、飞天山、东江湖、五盖山、苏仙岭皆在半径不过五十里地的范围内。沙洲在滁河的上游，文明水库对滁河流域的水文调节起到关键作用，堪称文明瑶族百姓的母亲河。

沙洲有高山，滁河有好水。山水相连的沙洲村人勤地美。自古以来，沙洲瑶族百姓在这里安养生息，繁衍着一代又一代，成为“半条被子”的发生地，彰显了沙洲瑶族百姓的善良与淳朴。沙洲瑶族百姓与当地汉民族群众鱼水情深，彼此劳动、通婚，成就了今天的盛世气象。

这里石磨工艺制作出来的豆腐，技法传统不说，味道与机械加工的流水作业截然不同。手工豆腐嫩滑、口感好。沙洲瑶族百姓制作豆腐的技艺与汉族百姓如出一辙。先精选本地大豆，将大豆充分清洗、浸泡、用石磨磨碎、滤渣，加热至一百摄氏度，保持三四分钟后停止加热，待豆浆冷却到不烫手时，加入少许煨熟的石膏水，凝固成糊状物，再倒入有孔的木箱中，盖布、加压、去水即成。一般十公斤黄豆仅可制一罩子水豆腐，有二十来斤。沙洲的豆种古老而原生态，制作水豆腐的出品率没有新品的高，一般来说，要比外地的豆制品少四五斤的量。待豆腐在豆腐四方木箱罩子里压实形成后，则用竹刀片顺着木箱的格子切成四方块状。沙洲人之所以用竹刀片，是为了保持水豆腐的味道纯正。

沙洲人做的水豆腐的吃法多，可煎，可炒，可炖。不管哪种炒法，都别有风味。沙洲的餐饮店各司其技。在瑶厨，将水豆腐简单烹饪，仅以辣椒粉佐以配料，简单又酣畅；在瑶家乐，将水豆腐略微小煎，再以辣椒等爆炒。各家的厨艺精致、老道。

瑶家乐后厨，只见他从豆腐箱里拿出几块水豆腐，切片置于凉水中过一下，放进油已烧热的锅中，大火煎几分钟，再用锅铲将水豆腐翻边，豆腐两面煎匀，食物醇香顿时散开。豆腐两面金黄，放上盐和少许辣椒面，加少许水、作料，煮片刻。水沸腾，收汁再放上葱花，即出锅装盘。沙洲人盛菜喜欢用大碗，俗称海碗，大气，印证了瑶族人好客的特点。

红通通一大碗沙洲水豆腐让人食欲大开。当然，心急莫呷热豆腐。在沙洲，偏偏要趁热吃。夹一块滚烫的豆腐送入嘴中，淡淡的焦香味、清新味、葱香味不断涌来，顺滑的水豆腐伴随着米饭的清香，丝丝入脾，扣人魂魄。

沙洲粉蒸肉

沙洲粉蒸肉绝对算得上一道标榜式的地方美食。但凡到过沙洲的旅人，没吃过粉蒸肉就不算真正到过沙洲。沙洲瑶族百姓与当地汉民族的兄弟情深义重，亲如一家，彼此的生活习性大相径庭。

沙洲人做粉蒸肉的历史有多久，没有文献记载。千百年来，每逢春插时节，这里便盛行做粉蒸肉。据老辈人讲，过去的岁月中，春插正是春节后最饥荒的时间。乍暖还寒的日子，这里家家户户过着清贫的日子，巴望着粮食早日有收成，早日让家人过上饱腹的日子。于是，春耕做粉蒸肉、打新米、尝新谷这些农耕习俗成了沙洲百姓重要的祭祀习俗。

沙洲粉蒸肉选用本土生态圈养的土猪，利用传统手工做法，将猪肉切成条状，再以炒熟的稻米磨制成米粉。将米粉粘住肉块，置于竹篓编制的晒箕里暴晒时日，粉粘紧了则易收存。这一道晒的工艺让沙洲粉蒸肉有了独特的味道，蕴含着阳光和自然的气息。

沙洲粉蒸肉这道得天地之灵气的珍物，其口味劲中带柔，油中带粉，粉中含香。初食，入口肉香，再嚼，满口米香，肉米之间的浑然天成之气足以唇齿留香。

师傅说，沙洲粉蒸肉的制作方法看似简单，其实对食材和米粉的加工都具功力。不会炒米的，过嫩或过老都会影响粉蒸肉的口感。过去这道菜选春插前的农闲时节制作，便于农耕时来了客人添一个荤菜碗。若是来了亲人帮手，亦是一道待客的硬菜，既不失体面，也不用抽空赶集买菜，误了农事。这一民俗手艺成了沙洲菜系的一道风景线。

沙洲粉蒸肉的吃法简单，一为蒸，二为煎炒。前者只需置于蒸笼中蒸15 ~ 18分钟即可。出锅时撒上一些葱花，令人食欲大振。后者稍微复杂，却也易于掌握操作技艺。先大火蒸8 ~ 10分钟，起锅倒入菜油，小火把油烧至八成热，下粉蒸肉，煎至两面金黄，起锅。把大蒜籽、小红椒或干红椒切圆片，锅里少许油烧开，倒入大蒜籽和小红椒，翻炒出香味，撒少许盐，再倒入粉蒸肉翻炒均匀，起锅，装盘。

沙洲粉蒸肉与沙洲山水融为一体。本地人分两派：一派为传统，喜欢吃蒸的；一派为创新，喜欢吃煎炸的。在我看来，煎炸的粉蒸肉松香酥脆，入口爆油，外面的米粉色泽金黄，又脆爽，一口下去，肥而不腻，煎黄的肉香味和粉蒸肉本身散发出的肉香味更令人销魂。

如今，来沙洲红色游的百姓不仅喜欢沙洲食物的原生态形态，更多是城里人来追寻儿时的食物记忆。一盘沙洲粉蒸肉端上桌，满桌浓浓的乡土气息便氤氲而来。嚼的是农耕岁月里最深的记忆、最馋的初心。筷子一夹，如同琴弦拨弄，那记忆深处的乡音乡恋便徐徐展开。

沙洲青椒炒油渣

沙洲山野之中物产丰富，使得这个小山村像一个聚宝盆。自古以来，这里的种养非常发达。地里的花生、豆子、高粱成就了沙洲饮食的湘南风貌及味道。猪圈牛栏中，粪便成了沙洲农耕雨织的基本要素。

沙洲有山，山上有茶树，茶树结茶油。地里有油菜，菜花黄时，蝶飞蜂舞。早春过后，漫山遍野的油菜花结籽，晒干后榨菜籽油。平日里，这里的人吃膏油，也就是猪板肉煎炸的猪油。无论贫瘠的岁月中，还是今天富足的日子，沙洲人都视茶油为珍物，不到大喜，难得下锅。于是，菜籽油和膏油成了沙洲日常炒菜的油类。

沙洲人家家户户吃猪油，圩场上的肥肉格外抢手。不远处的文明圩杀猪档，除了肥肉、猪脚、猪耳、猪下水，其他肉一刀砍。这里瘦肉比肥肉略逊一筹，这是沙洲传统饮食习惯所致。一个家庭要吃猪油，得找个熟悉的屠户预订。砍回来的猪油板肉切块，煎炸，家家户户就有了油渣。在物资匮乏的年代，油渣成了沙洲美食中难得的记忆。

沙洲人榨油渣，选猪板油或肥猪肉。过去沙洲人养猪，靠打猪草糠米及潲水，喂养得煮肥膘足。猪板油是猪腹腔肉的那层肥厚的脂肪，没有瘦肉，其油特别多，纯正。若不是自家杀年猪，四时八节的杀猪要想寻得一副上好的板油得托关系，找屠户。村子里只有屠户才知道谁家的猪养得肥壮、膘实。要是主家富足，猪板油多半会出售。上两百斤的猪，一副板油起码超过二十斤。切成巴掌宽一块，再用刀解成长条形，再切成二指宽、四方见长的块状，放进大锅里煎炸。满满一锅猪板油，榨干后，充其量拿来驴胶补血冲剂的搪瓷碗盛下一碗油渣，其他全是油，用陶钵油瓶盛起来，以备随时炒菜。

文明圩的屠户因此备受村子里的人尊敬，他们行走村寨时，总有友好的与其招呼，端上一碗酿米酒，煎上一碟盐花生米。村子里吃公家粮的人家会好点，偶尔到圩上买点瘦肉打牙祭。他们对生活的讲究超出平常人家。在沙洲村，吃瘦肉不划算，而油渣又是一道难得的美食。

肥肉买回来后，切成块状，白白软软的，放进锅里榨油。慢慢地，肥肉由白变黄，由大变小，由软变硬，直到萎缩成手指大小的一块，便没油了，把油渣捞出来，盛在碗里。

榨油往往在晚饭后进行。孩子们格外高兴，抢着烧柴火，盼着有犒劳。从懂事起，我也有过类似的经历。每逢这样的高光时刻，定会围在锅边，等着，盼着。每当这时，灶房里的瓦面上透过一缕缕青烟，板油的焦香四散开来，在村子的上空飘荡。母亲不失时机地盛出一点分给我们解馋。我们一把抓过油渣，一边吹气，一边往嘴里送，嘣嘎脆的油渣满口生津。

每年初夏，村子里的新辣椒出产，老辈就会把珍藏在陶钵里的油渣拿出，摘来新鲜的青椒切成小片，再备用些浏阳豆豉。起锅，加入少许猪油，下入青椒丁、蒜蓉、豆豉煸香，加盐、味精、胡椒粉调味，放入油渣，淋辣椒油翻炒均匀出锅即可。村子里的人吃油渣还有一种吃法，那就是蒸，将油渣放入碗底，上面放一层豆豉辣椒酱。猪板油的油渣往往就是这种吃法。蒸的油渣汲了蒸气，膨胀发软，入味深，咸辣有度，嚼劲十足。

无论是哪种做法，油渣都特别开胃。吃油渣那一餐，一家人吃饭要比平时多一点。如今，青椒炒油渣成了沙洲人忆苦思甜的一道美食，不仅渗透了母爱，更寄托了沙洲人对过去岁月的追忆和珍视。

NO.13

沙洲小炒黄牛肉

相传郴州为农耕文明的发源地，炎帝神农氏曾在罗霄山脉西南端及南岭一带活动，教民农耕，辨识草药，惠泽众生。炎帝走过汝城的山山水水与否没有史料记载；在不远处的炎陵和安仁县境内鲜有民间传说。

文明镇处在百丈岭山脚下，这座山山势蜿蜒，连绵不绝。崇山峻岭之间，各种野果丛生，野草遍地。一直以来，湘南作为农耕文明的起始之地，文明人的农耕习惯与周边县区如出一辙。农耕时节，方寸之间的田野里皆能看见传统的耕种方式。文明山头田野间丰富的草食让耕牛有了广袤的生活场所。千百年来，这里的人们喜欢养黄牛，直到20世纪80年代才开始有了体格巨大的水牛。

文明人养黄牛，习惯户外散养，黄牛每天在山间自由行走，啃食那里的野草，久而久之，这里的黄牛肉质特别，细嫩而又坚韧，富含丰富的高蛋白，营养价值之高，实属罕见。进入21世纪后，湘南机耕盛行，黄牛褪去农耕使命后，最后的归宿即成了菜牛之运。近年来，沙洲村成为红色革命教育圣地，带动了文明镇和沙洲村的旅游餐饮业大步向前。在众多餐饮店中，吃文明黄牛肉成了旅游新时尚。

吃文明小炒黄牛肉，主料选用文明本土黄牛肉，辅料选用本土姜片、蒜蓉、芹菜、红椒。制作过程也非常简单，只见锅内放入菜籽油，烧热放入姜片、蒜蓉煸香，下入红椒炒出香味。倒入腌制好的牛肉，快速地炒散。加入少许高汤、酱香小炒汁，撒入胡椒粉，待收汁，下入芹菜大火翻炒三两下，即可出锅。

沙洲小炒黄牛肉为一道典型的住家美食，虽然食材简单，烹饪技艺却需要对火候的控制，爆炒的手法颇为讲究，爆炒时间不宜过长。如果黄牛肉腌制不当，肉质则生硬，嚼之如蜡，硬涩之感直接影响了黄牛肉的品质。沙洲小炒黄牛肉亦是湘菜中的经典菜系，慢慢进入寻常百姓家。

湘南人聪慧，这道家喻户晓的小炒长期口口相传。无论是家人下酒，还是村子里的人做喜酒，大厨一道小炒黄牛肉款待八方来宾，其鲜、辣、香、脆的口感和红红通的菜色特别招人喜爱。

这菜下饭，亦特别开胃。沙洲餐饮界有些师傅爆炒这道菜时，还会加入地方的配菜来提升口感。比如沙洲的剁辣椒、酸萝卜丁、酸辣椒或者盐菜，使小炒黄牛肉的味道更富有层次感。这种混搭的烹饪方式既是一种创新，也是一种融合。

在沙洲村，遇上有月的夜晚，可以在小店门外的桌子旁坐下，与家人、好友拿出一瓶珍藏的酒，再上一碟油爆花生米，一边小酌，一边品尝小炒黄牛肉。若想吃碗饭，把汤汁倒入碗中，将米饭扒散，再均匀搅拌，那米饭油光发亮，丝丝顺滑，滋溜一下便落入肚中。

中国人自古讲究药食同源，亦是餐饮人在传承与创新中进步的真谛。无论哪一道菜，都要讲究其食用价值与营养之搭配。湘南黄牛属温热性质的肉食，擅长补气，是气虚之人进行食养食疗的首选肉食，气虚之人尝食有益。《韩氏医通》记载：“黄牛肉补气，与绵黄芪同功。”

相反，有些寒热体质的人不宜过多食用。

青椒小炒肉

早春时节，乍暖还寒，勤劳的沙洲人开始忙着盘算田间地头的春种秋收。沙洲背山面水，可谓山水相连。这里气候温和，雨水充盈，种出来的蔬菜瓜果格外香甜水灵，也就有了地道的沙洲风物和美味。

沙洲红色旅游资源火了以后，以沙洲土法烹饪的沙洲菜系成了沙洲红色旅游的补充。沙洲土菜开始不断被外界关注，沙洲的辣椒、豆角、茄子、扁豆、黄瓜无不成了沙洲土菜的新宠。随着季节时令的变化，沙洲人不断开发沙洲菜系。

青椒小炒肉作为沙洲当季最活跃的一道菜，征服了来沙洲旅游的周边游客的味蕾。沙洲所种的青椒有两类：一类为传统椒，个头儿稍大，辣度适中；另一类为细椒，俗称尖椒，个头儿细长，生性猛辣，亦是沙洲人喜欢的那种。前者适合腌制晒干，做白辣椒；后者则适合现炒，或者晒干，炮制辣椒灰。

沙洲传统土菜中的青椒炒肉已经过改良。与外地小炒肉不同的是，沙洲人更爱用本土的文明辣椒，皮薄，果青，肉厚，具有浓郁的辣香味，放入任意菜品中都可提升鲜辣度。

沙洲人炒这道菜所选猪肉也有讲究，基本选文明农村用红薯青菜潲水饲养的土猪。每天早上，文明镇的圩场上都有本土杀猪摊，要选用猪前嘎子肉，俗称前腿肉。这个部位的猪肉肥瘦均匀，腌制后肉质细嫩，大火爆炒激发出肉香混合青椒香，能让人销魂丢魄。沙洲人青椒小炒肉还有选五花肉的、里脊肉的，烹饪的手法大致相同，只是味道上略有差异。

沙洲青椒小炒肉，将沙洲青椒切丝，也有切滚刀的，嘎子肉切丝放小碗内加入一勺盐、两大勺生粉、四五滴老抽拌匀，觉得拌不匀的时候可加少量的水，不要加酱油，否则颜色会很深，成菜不好看。油锅烧热，倒入菜籽油，冒青烟时，改小火，倒入肉丝，扒散。肉丝盛起，锅中留一点点底油，倒入青椒丝，在锅中干煸，加盐，再煸。倒入肉丝，加入鸡精、胡椒粉，翻炒几下，就可以起锅装盘。

青椒小炒肉出锅后，清脆诱人，让人看一眼便守不住神魂。如今，作为沙洲餐饮界大众点评率很高的经典土菜，其做法之简单，选材之新鲜，刀工之精细，主配同形，口感鲜嫩辣香，已经成了沙洲餐饮界的扛把子。它不仅备受游客喜欢，也是沙洲人日常生活中的大众口味。

沙洲土菜之所以越来越火，是因为这里的人将最简单的本土食材做出了人间至美之味；而沙洲土菜的味道就是追求本真、本原、本色的烹饪“三本主义”。很多在外的游子到沙洲游学，尤其对于常年漂泊的游子来说，一道沙洲青椒小炒肉能吃到娘的味道，也曾是故乡的味道。

沙洲土菜既是岭南文明的枝叶，也是郴州菜系的传承。除了岁月赠予沙洲和岭南大地的恩赐外，还有沙洲人当下的使命感和责任感。为了守住乡愁，他们在追求新的幸福路上，以一己之力发扬沙洲土菜的传统，创新和书写沙洲土菜新的文明与传奇。

酸甜黄心肉双拼

郴州古称“南蛮之地”，据《楚辞·招魂》中记载，湘南一带的食物来源主要有大米、小米、黄粱，田间地头、江河湖泊有野生水禽类野鸭、大雁、天鹅和甲鱼、乌龟等。就当时而言，这些生活不过是农耕日常的朴素记忆。

作为湘南饮食的一脉，沙洲餐饮本无什么精工细作。用料之简单，无非是地里种的、水中游的、山间走的。在漫长的农耕岁月中，这里的人们过着简单而又朴素的生活。

21世纪初，沙洲红色文旅进入了新的发展时期，求新创变的沙洲人开始在饮食文化的形式上创新，以沙洲本土物产的菜系风格确立，其浓、香、淡、鲜、辣的特征越发明显。沙洲餐饮人不喜欢菜品外的修饰，而是力求完整保存原料的自然形态，对时令、气候、节庆、红白事的分类保留着传统文化和礼俗的本原。

今天的沙洲餐饮依旧保留着烧、烤、煎、煮、蒸、炖、卤、酱、羹、溜、腊等传统烹饪技法，形成了酸、苦、咸、甜诸种口味。沙洲辣味有很多讲究，分为酸辣、油辣、香辣、脆辣、鲜辣、苦辣六种。

到沙洲瑶家乐农庄，一道沙洲土豆丝泡油煎炸，配上传统的喜事席上的黄心肉，再创新调制酸甜酱，便形成一道独特的酸甜黄心肉双拼。无论春夏秋冬，这道菜酸甜开胃，脆、酥、焦香，形成了奇特的乡土组合。

黄心肉本是沙洲喜宴上一道经典菜肴，取沙洲土猪的前嘎子肉切成一指半大小的条状，用面粉鸡蛋和拌，油炸而成。黄心煎炸选取沙洲本土的菜籽油，分两次煎炸，第一次表皮泛黄，捞起沥油冷却一会儿，再小火回锅煎炸至金黄色。用酸梅酱或者醋加果子汁调制的酸甜酱，炮制。

接下来，选取沙洲土豆加工。沙洲土豆不大，味道却非常独特。用沙洲泉水浸泡半小时后，用沙洲米粉裹住，置于油锅中煎炸，这样的土豆丝比“肯德基”中的更加酥脆。煎炸完毕，再用炒熟的沙洲芝麻点缀在菜品上。

酸甜黄心肉双拼端上桌，一白一黄，加上芝麻的清香，备受游客的追捧。沙洲瑶家乐农庄的老板娘黄红梅说，盘活沙洲餐饮文化，在坚守的同时，更要不断推陈出新。沙洲黄心肉与一山之隔的粤菜有同根同源的意图，制作技法完全与粤菜中的酸甜咕噜肉如出一辙。

据说，酸甜咕噜肉始于清代。当时在广州市的许多外国人都非常喜欢中国菜，尤其糖醋排骨，但吃时不习惯吐骨头。于是广东厨师即以出骨的精肉加调味料与淀粉拌和制成一只只大肉圆，入油锅炸至酥脆，蘸上糖醋卤汁，其味酸甜可口，受到食客的欢迎。沙洲作为岭南茶盐古道的必经之地，这道菜也被带入流传上百年之久。

过去，酸甜黄心肉双拼不仅是沙洲红白喜事的一道硬菜，也是逢年过节款待嘉宾贵客的一道心水菜。这道菜寓意着沙洲人热情好客，对酸甜苦辣日子的美好寄托。今天，沙洲土菜讲究食材的选取和烹饪技法的创新，从而使沙洲餐饮走向更为广阔的明天。

干锅牛杂

有人说，不吃沙洲菜，不知山之味，地之鲜。到沙洲寻找美食，必须点干锅牛杂这道菜。

沙洲养牛历史悠久，沙洲黄牛与鲁西黄牛品质类似。这里山势险峻，山谷平川之地的野草茂盛。以百丈岭为中心的山区谷地喂养的鸡鸭鱼肉无不生态鲜美。

在过去的农耕岁月里，杀鸡留客是村里人最高的待客礼仪。屠宰耕牛是一件严肃的事情，在生产队时期，耕牛是村子里的主要劳力，只有耕牛老弱且丧失劳动能力，生产队才会允许宰杀耕牛。现在，沙洲村现代农业处处可见机械化的影子，昔日备受农人敬畏的耕牛成了今日沙洲的菜牛。

一头行将老去的黄牛，它的一生书写着勤劳和默默无闻的奉献。沙洲人对牛的敬畏如同心中的执念。在老黄牛即将上路的时刻，总是隐喻着某种隐痛。牛是有预感的，在牛栏里死活不肯出来。队里的犁田高手会满含泪花，这是一种说不清道不明的情愫，其中有不舍，更有沙洲人敬畏生灵和生命的另类表达。生活毕竟要过，好日子终究要有。而这一天，一头行将老去的黄牛是沙洲人对美好生活的期盼。

老黄牛被牵到了队里的晒谷坪，年轻的汉子们用一块黑布蒙住它的眼睛。老牛眼里有两道泪腺，杀牛人举行完简单的仪式，如同祭拜。牛是有灵性的，从榔头敲打那一刻起，它双膝一跪，干净而利索，牛的一生就此别过。

确切地说，过去沙洲人吃牛肉非常简单。生产队的晒谷坪中架一口大锅炖煮，村里的老幼有别，喝汤的、吃肉的、剔骨的、分肉的、开锅的、烧火的、切菜的，各司其职，每逢这个日子，便是沙洲一场饕餮盛典。

村里宰牛，必然有一场打平伙的村宴。家家户户出米出油，把自家酿造的美酒、盐菜、干货拿出来与大家分享，做糍粑，捏糍糕，煎糖圈圈，炒爆米花。

时过境迁，如今沙洲人感谢党的恩情，过上了新的幸福生活，沙洲红色旅游带动了文化和餐饮的齐头并进。今天，沙洲人忆苦思甜，把过去岁月的美好农耕记忆演变成了精致的饮食传承。而沙洲餐饮人开发的干锅牛杂亦是对过去岁月的一段美好记忆和感怀。

沙洲人烹饪的干锅牛杂选小铁锅。锅上火，倒入秘制卤汁，放入牛腩、牛肚、牛肠卤熟，待凉后切块，蒜及姜切片，蒜苗切段备用；锅上火，油烧热，放入蒜、干辣椒、姜片、浏阳豆豉炒香；接下来，放入卤好的牛杂、沙洲干笋等，加入上汤，调入调味料，撒上蒜苗，焖入味后盛出，装入干锅里，上桌即可。

过去沙洲牛杂用炭火边炉拼煮，炉膛内的火焰从堂口冒出，象征着日子红红火火。如今改为干锅，寓意相近。尤其冬天，干锅里的调味特别朴素，姜、蒜、辣椒的调和充分激发出人们的味觉。趁热用勺子舀一口喝，又烫又辣，喝得额头冒汗那才叫痛快淋漓。所谓牛杂，非杂而无章，着实为杂而有序，让众口难调的餐饮有了食客更好更多的体验。

沙洲黄牛含有丰富的蛋白质、氨基酸，能提高机体抗病能力，对生长发育及术后病后调养的人补充失血、修复组织等方面特别适宜。冬食暖胃，实为寒冬补益之佳品。中医认为，牛肉有补中益气、滋养脾胃、强健筋骨、化痰息风、止渴止涎的功效，适用于中气下陷、气短体虚、盘骨酸软、贫血久病及面黄目眩之人。

如今的沙洲干锅牛杂内涵更丰富，既秉承了老祖宗传下来的那种初始味道，在烹调上又有所创新。沙洲游览观光之余，既解乏，又惬意。沸腾的锅里，口齿生香，更是对复杂日子的一种清晰品鉴。

酸辣螺肉

沙洲村地处丘陵地带，这里的人自古以耕种水稻为生。中华人民共和国成立前，沙洲农业靠天吃饭。百丈岭山脚下没有水库，每个村只有三五个池塘作为农业水利灌溉使用。池塘边有石板铺的路直达水井，水井边有洗衣、洗菜的水池，池塘里养着鱼，四周长着水草和芦苇荡。

夏天去池塘边洗脚，会发现一些田螺爬到了浸着浅水的石板上晒太阳，随手就能摸到一把。田螺喜光，会攀缘在池塘的浅水区吸收养分。阳光强烈的日子，田螺会顺着石头缝隐藏起来。

沙洲人自幼善水、亲水，池塘和滁河成了天然的澡堂子。每每到了夏天，村子里的人会来这里洗涤一天的劳作与困顿，使心情得以放松。此外，池塘也成了沙洲村女人们最好的浣衣场。

傍晚收工早，村子里的人不忘到池塘里摸田螺，到滁河中捞鱼虾。村子里的人摸田螺，会带一个脸盆放在水面上，人摸到哪里，脸盆就跟着移动到哪里。等抓的田螺多了，人们会起身把田螺倒入水塘边的竹篓里。接着沿池塘的边缘顺水摸去。

沙洲人摸田螺不光是为了吃。在物质贫匮的年代，田螺是一碗荤菜，一碗难得的美味佳肴，可以满足一家人吃肉的奢望。夏天，村里的紫苏和辣椒肆意生长。湘南大地上，没有一道美食能在夏天离开紫苏。村子里摸田螺、捉鱼、捞虾米、柴火灯照泥鳅成了沙洲男人盛夏夜里最忙碌的活动。

沙洲人喜欢炒唆螺。摸回家的田螺用井水反复冲洗，然后泡上一两天。有的人家用少许茶籽油的麸饼浸泡，有的人家还滴上几滴菜籽油，这样田螺很快能吐出肚子里的泥浆。然后用老虎钳子把田螺屁股夹掉，再反复冲洗几遍，准备炒唆螺。炒好后，呼叫三五乡邻好友，一碗水酒，一碟油爆花生米，对月当歌，人生几何。若是田螺摸得多，吃不完，主人家会用开水煮了，挑出螺肉，晒干作为备菜。

如今，沙洲人很少下田摸田螺，也很少到池塘里或滁河中捞鱼虾，索性在文明镇的菜市购买田螺或田螺肉，把冬日瓦罐中泡的盐菜、酸菜和卜辣椒、卜萝卜这些一起拼炒出一道美味的酸辣螺肉。

沙洲人炒酸辣螺肉技法简单。锅中下菜籽油烧红，将浸泡好的螺肉倒入爆炒三五分钟，快速放入酸萝卜丁、卜辣椒丁，再下作料，猛火爆炒几秒钟，倒入胡椒粉、生抽、蒜蓉及韭菜段、紫苏末一起，快速翻炒，使其快速入味，并保留韭菜和紫苏的清香不受破坏，保留配菜的清脆与原味。

一碗酸辣螺肉色泽鲜亮，开胃又下饭。无论沙洲酒席上，还是农庄饭馆，螺肉已经成为沙洲寻常百姓家常吃常新的一道美味佳肴。而师傅们也会根据季节的变换，使用不同的食材，提升螺肉的搭配，使其成为沙洲餐饮界四季常青的菜品。

来沙洲研学，还得看袅袅炊烟升腾，一口酸辣多味的螺肉便是沙洲人朴素日子的真实写照，嘴里咀嚼着的有似曾相识的酸甜苦辣岁月，历久而弥新。

杉树菌

从寒山到大山岭，再到村子后面的猴山、雪公寨，以及不远处的百丈岭，沙洲村在崇山峻岭中繁衍生息了千百年。大山长满了松树、杉树、枫树、樟树、竹林等。因为这些树，一年四季，村子四周都绿意盎然而。而到了秋冬，红枫飒爽的身姿让沙洲有了季节的气息。

除了树，沙洲的山冈上还有众多山珍和各种各样的野果子。一年四季，竹笋、松菌、杉树菌、野蘑菇，以及野柿子、牛卵坨、猫卵坨、杨梅等数十种野果都有采摘。

到了端午节，沙洲村猴山上长得最多的数杉树菌。沙洲的杉树菌是南岭山区一种常见的食用菌，与松茸、松菌、松露菌等相似，通常生长在松树、云杉等针叶林中，是一种高蛋白、低脂肪、营养丰富的食用菌。尤其在低洼的山坡上，杉树林之中。沙洲老一辈人说道，杉树之间的间隙不能过小，树与树之间的密度不能过大。杉树边，大把茂盛的蕨类植物疯狂生长，正是杉树菌的最佳生长地。

在农耕岁月中最苦难的日子里，沙洲村的百姓无不到山野之间采野菌、拔竹笋、挖地珍，以期慰藉那段悠悠岁月。那时，这些不过是对美好生活的向往。时至今日，这些菌类受到了保护，饭店不允许出售。但千百年的传承阻止不了南岭百姓对这种美好的追求和寄托。

在我童年的记忆中，故乡的山野中有着太多故事。人类依赖的山河万物，没有什么不能共生共享。大山养育着的，必将反哺养育着一方百姓。我童年特别喜欢吃菌子。与沙洲村一样，松茸、松菌、松露菌、杉木菌口感鲜美，香气浓郁，堪称菌中之王，为人之喜爱的美食之一。

杉树菌采摘回来时，菌子的外衣是白色的。经过简单处理后，焯水，冷却后会变成黑色。杉树菌的表面相对干净，用山泉水洗干净，焯水，再分拣处理一下表面的杂质。用泉水洗一下，晾干水分，备用。

开锅，准备炒杉树菌。先把切好的五花肉过油，炸至两面焦黄，捞出来备用。下青辣椒，干爆出椒香味，下菜籽油和猪油少许，把加工过的五花肉和杉树菌直接下锅，开始爆炒，颠锅。尽量少用铲子在菌子上翻炒，免得损伤杉树菌的形体。让杉树菌充分吸收锅子里的热量，快出锅时，下少许盐、胡椒粉、几滴生抽，快速出锅。

杉树菌讲究原汁原味，尽量少放调味料，保证食物的原生态本味。杉树菌入口嫩滑，嚼起来韧劲十足。加上沙洲人喜辣，杉树菌和辣椒、五花肉一起，既有杉树菌的清淡，也有肉类的清香。一口下去，杉树菌能让你尝到满满的爆汁爽脆感。舌尖上，你能感受到这种纯天然的食物，绝对体会出当年贫困岁月中，百姓对山野之物果腹慰藉的快乐，这是何等知足。

在我有限的记忆中，一碗杉树菌，佐饭也好，下酒也罢，微醺中，直呼此物只应天上有。

NO.19

蒜香金针菇

对于沙洲美食，除了自产的山珍河鲜、时令蔬菜，文明集市上人工种植的豆芽、蘑菇也是信手拈来，在厨房的运作下，一道道精美的厨艺让食客们大快朵颐。

在沙洲，蒜香金针菇是一道极其抢手的简易菜系，却因独到简朴的技艺而让客人流连忘返。瑶家乐的蒜香金针菇仅蒜蓉、湘汝辣酱、葱花简配，成就了红色沙洲的绝配佳肴。

关于金针菇的传说，源于宋代著名文学家苏东坡在杭州为官时，与高僧参廖交往甚密。某个寒冷冬日，苏东坡去寺中拜访高僧，二人相携游园。但见满园枯枝残叶，空旷寂寥，怀才不遇的苏东坡心感凄凉。忽见枯黄的树桩上，几簇金针傲霜斗雪，亭亭玉立于寒风中，黄白相间，宛如怒放的鲜花，令人豁然开朗。诗人触景生情，作《与参廖师行园得黄耳菌》诗："遣化何时取众香，法筵斋钵久凄凉。寒蔬病甲谁能采，落叶空畦半已荒。老楮忽生黄耳菌，故人兼致白芽姜。萧然放箸东南去，又入春山笋蕨乡。”二人便取金针菇做成佳肴，把酒寄情，好生快活。

此后千年，兼收风味与风骨的金针菇更为世人所推崇。金针菇清香脆嫩，甘美，细圆，滑润，自古以来就被视作山珍佳肴，用来款待上宾，登上国宴之大堂。在民间，金针菇越来越受到推崇。尤其它的价值，含蛋白质、脂肪、碳水化合物、膳食纤维、多种维生素、胡萝卜素、硫胺素、核黄素、烟酸、微量元素磷、钠 、镁 、铁、锌 、硒、铜、锰、钾，对于气血不足、营养不良的老人及儿童等非常有食疗效果，同时能降低胆固醇、缓解疲劳、抑制癌细胞、提高免疫力。因此，金针菇具有营养、食用等诸多价值。

瑶家乐农庄做这道菜不仅用料简单，做法也相当简单。准备好配料，蒜蓉先剁好，热锅倒入菜籽油，再将蒜蓉倒入锅里调小火翻炒，待蒜蓉稍微过油至香，加少许酱油提鲜即可盛于盘子中。

将洗净择好的金针菇摆盘，按照顺序，头朝外，这样看上去整齐划一。热锅后，再倒入菜籽油，将热油淋在金针菇面上。紧接着，将做好的蒜蓉铺在金针菇的上面，端入蒸柜中蒸三五分钟，出柜。待顾客点了这道菜，直接将加工好的这道菜撒上零星葱花、湘汝剁辣椒，再用一小勺热油淋在葱花和湘汝剁辣椒上面，散发出葱花与辣椒酱的混合香气。

给食客一脸惊讶，再看着迷。只见此物色泽如雪，白里藏红，红中带绿，绿中泛黄的五彩玉盘正冒出丝丝热气。在冬日的阳光下，不断上升，袅袅腾起，恨不得将其和盘舔下。连汁水都带着鲜香，尤其湘汝剁辣椒的那种味道，更让人记住沙洲味道，竟然在冬日里如此酣畅、够味，又如此地道。

双椒爆肚

百丈岭算是南岭与岭南的分水岭之一，北部的山脉脚下尽是沙洲肥沃的土地。在这片土地上种养生息，为沙洲人的幸福培育出了赖以生存的水稻、高粱、蔬菜和果树。这里物质丰富，果蔬之美也成为沙洲景色的另一面旗帜。

每年初夏，沙洲的菜地里最多的是辣椒。自明朝后，这里开始盛产辣椒。沙洲人吃辣椒品类繁多，有肉辣椒、螺线椒、五指辣，以及近年种植的彩椒等。沙洲人一日不吃辣椒，如同生活没有半点味道。辣椒是一种节令菜，每年夏天到秋天才有两季。村子里的人熟知冬春没有辣椒，意味着清淡寡味。每每到了夏季末，日照最丰富的时节，辣椒快速熟透，变红，村子里的人会把多余的用竹晒篮晒干，到了农闲时节，可以抖辣椒面，或者切碎做配料。

此外，沙洲人还会用吃不完的青辣椒晒干，做酸辣椒，俗名卜辣椒。有的煮透后，做白辣椒，有的切成斜片，做成干晒白辣椒段。村子里的人有了辣椒，生活的底气便足了。在沙洲，一个人家里晒制的辣椒制品越多，越显示其勤劳。一个女子当家，辣椒的多少意味着她在一个家庭的贡献有多大。这种贤惠来自世俗，却是不成文的一种民俗与口碑。

在沙洲的冬天，遇到谁家杀年猪，家里必然会将猪身上的内脏保存下来，算是慰藉一家人的劳作和幸福时光。比如猪头、猪耳、猪手、猪心、猪肝、猪肚、猪小肠、猪大肠、猪尾巴等。这些制作成腊味，在过年时节做成腊味盘子，或者炒给至亲们宵夜，或者当成盘中正餐。

在沙洲瑶家乐农庄，一道美味的双椒爆炒猪肚皆是来自过去岁月的一种恩赐。选自家宰杀的猪肚，用开水煮软糯。再将猪肚切成一指大小、长五厘米左右的块状，用胡椒粉、盐及特制的卤水卤制。猪肚卤制的软度正好能嚼得烂，一般用高压锅炖煮15 ~ 20分钟，开水煮则在一个小时左右，确保入口有形，嚼而有劲，入口即烂，又不虚而绵绸。有的师傅还会过一下油，保证猪肚的外皮脆酥，有余香缕缕。

爆炒猪肚，瑶家乐农庄选取沙洲晒制的干红椒，俗称皱皮椒，再配以芹菜，偶尔加点红椒拌炒。这菜制作极其简单，把干辣椒切成小段，芹菜切成3 ~ 5厘米的长段，把姜丝、蒜蓉备好。

烧热油，把干辣椒爆香，再倒入芹菜、蒜蓉、鲜红椒一起爆炒。八成熟，倒入猪肚，一起拌炒。加入生抽、胡椒粉、味精，冬天可以加入蒜叶段。然后快速颠锅，使其均匀受热。再盛入大碗之中，一碗红通通、黄金金、亮晶晶、红油油的双椒爆炒猪肚摆上桌，一筷子夹下去，便觉这是一道余香不断、劲辣有味的开胃菜，亦是沙洲人节日和喜宴上一种不可或缺的生活滋味。

剁椒鱼头蒸饺子

在沙洲，文明水库的水流经滁河，在沙洲一段缓慢拐弯，这里的几何形状为沙洲构建了一个生态的太极版图，使得流水有了别样的意境，万物在这里得以生长。

虽然文明水库不大，但水量足以满足瑶乡百姓的生活日常和灌溉。有了水，百丈岭脚下便有了大山的馈赠及情怀，以及沙洲别样的生活形态。文明水库的水利资源不仅能给当地人的农业赋能，还能给水库的生产经营带来养殖上的收益。南方的几大渔家，水库喂养得多。从大头鱼（雄鱼）到草鱼、鲢鱼、鲤鱼，还有细小的封鳊、刁子鱼（林刀鱼）等。每年，这里打鱼、捞鱼都与本地人的生活需求有着密切关联。

沙洲村火了以后，文明水库的鱼更是四季火爆。有时，连汝城境内及毗邻的东江湖水库也要赶上这趟红色快车。把渔业资源的引入扩充到周边的县市，带动一方致富增收。沙洲人守着聚宝盆，在红色的土地上营生，却因餐饮业带动了发展效应，值得在南岭大地上书写。

湖南人口中的雄鱼，书名鳙鱼，又名大头鱼、胖头鱼，是湘菜之中做剁椒鱼头的“头牌、名角”。剁椒鱼头作为湘菜传统名菜，一直是湖湘儿女家庭来客招待的必备菜。

据传，此菜起源与清代文人黄宗宪有关。其以鳙鱼鱼头、剁椒为主料，配以豆豉油、姜、葱、蒜等辅料蒸制而成。菜品色泽红亮、味浓、肉质细嫩、肥而不腻、口感软糯、鲜辣适口。

在沙洲村，瑶家乐农庄及瑶厨儿家土菜馆皆有不同配料。尽管在制作上技艺相近，但各家亦有各家的味道。以瑶家乐农庄为例，那一条七八斤的大头鱼，鱼头重三斤左右。

所需食材必定有湘汝剁辣椒。选沙洲自产的酿糯米酒涂抹均匀，配以胡椒粉少许、料酒一匙、蒸鱼豉油一大匙、油、盐、姜丝、葱丝适量，备用。

只见师傅将鱼头洗净，从鱼唇正中剖开，在鱼头下面鱼肉较厚的部分斜划几刀，再将酿糯米酒、料酒、胡椒粉、盐撒在鱼头上，抹匀，腌制约二十分钟。

在腌制好的鱼头表面淋上少许油，抹匀。将姜切片、葱切段，铺在碗底，最好在下面架一双筷子，让其下面均匀受蒸汽蒸制。再放上处理好的鱼头，剁椒均匀地铺在鱼头上，再在盘子的周边摆上手工水饺。

蒸锅内放入适量的水，烧开，然后摆入鱼头，盖锅盖，大火隔水汽蒸约十分钟。将蒸好后的鱼头端出，倒去碗内多余的汤汁，抽出筷子，撒上葱花，淋入蒸鱼豉油，然后将适量的茶籽油烧热，泼在上面即可。在蒸的过程中，水饺已经充分吸收酱汁，有一种别样的味道。

这道菜最大的特色是将剁椒鱼头单一的味道变成了双重的食物风味。在洞庭粮仓和湘南米仓之中，恰恰把北方的面粉组合成新菜系，也算是一种创新。没有一条大头鱼能活着离开湖南，而湖南人却把面食与剁椒鱼头组合，也算是对中原文化的包容和肯定。更有甚者，在汤汁中加入面条，拼成了一碗剁椒鱼头捞面，也算是对食物最大的尊重。

花菜炒肉

国人最喜欢吃的菜莫过于家乡菜。不管是荤还是素，大到猪、羊、牛、鸡、鸭、鹅，小到一碟蔬菜、一碟坛子菜。这也是很多厨师只擅长做自己身边的菜一样，他所熟悉的永远只有家乡，对那里的地域、风俗、食物的特性一清二楚。对家乡、对美食的了解大抵不过如此。只有从熟知的生活中，才能寻找熟知的味道。这也是美食的终结，一个人对乡土的爱恋莫过于对饮食及风物的依恋。

在湘南地区，蔬菜是有限的，辣椒、茄子、豆角、刀豆、萝卜、胡萝卜、白瓜、水瓜、苦瓜、冬瓜、南瓜、苦麦菜、油菜、大叶青菜、小白菜、白菜、菠菜、红菜薹、甘蓝球、茼蒿、芦笋、苋菜、空心菜等蔬菜轮回种植。四季更替，春天和冬天，蔬菜相对稀少，适合冬春寒冷季节的蔬菜只有苦麦菜、油菜、大叶青菜、小白菜、白菜、菠菜、红菜薹、甘蓝球，及蒜苗、葱这些。沙洲亦是，受气候的影响，冬春时节，蔬菜备受青睐。花菜和一些南北蔬菜流传过来，不过近二三十年来高速开通后的事。

常常听人说，若一个人对山珍海味的追崇几近疯狂，要么是穷怕了，要么是富贵了。百姓对外地菜系有着莫大的吸引力，除了高门槛的海鲜，剩下就是普罗大众的消费了。而绝对让你意想不到的是，花菜炒肉竟然成了红色沙洲菜谱中一道长盛不衰的菜蔬。

花菜，书名花椰菜，原产地地中海沿岸，早年我去欧洲旅游时，在地中海吃过这种蔬菜。此菜既不耐炎热干燥，也不耐长期霜冻，生育适宜温度为17 ~ 20℃；喜光照耐阴，喜湿润环境；适宜在土质疏松、排灌良好的地块生长。花菜营养丰富，富含蛋白质、脂肪、碳水化合物、食物纤维、多种维生素和钙、磷、铁等矿物质。其性凉，味甘，助消化，增食欲，生津止渴，是一种健康食物。引进国内种植后，其已成为大众喜爱食用的蔬菜之一。

在沙洲，花菜炒肉是一道干煸菜。在瑶厨，后厨将花菜掰成小朵，再用刀切成薄片，水里加一勺盐泡二十分钟，再沥干水分。厨师说，这样不仅能泡出菜花中的小虫子，而且能保持花菜的鲜味，不会营养流失。紧接着，把五花肉切成薄片，加少许生抽，加以抓匀，腌制片刻。再将葱姜切碎，干辣椒剪成小段，再准备几个小米椒作为配色，备用。

准备起锅，热锅烧油，再放少许猪油，先放葱姜爆出香味，再加干辣椒，炒出香味。之后，中火干煸五花肉，煸炒至五花肉微卷发黄到出油状态，出油后加一勺生抽、一勺糯米酒汁，继续翻炒至沸腾，锅气飘香。

将倒入沥干水分的花菜，把花菜和猪肉大火翻炒均匀，再加入一勺生抽、少量胡椒粉。保持大火翻炒到花菜略微塌软即可。出锅时，放入葱花，使菜花更有食欲，嚼起来，更加松酥脆爽，五花肉的焦香渗透其中，肉香四溢。

黄贡椒海鲜菇

湖南衡东土菜中的黄贡椒，原产于衡东县三樟镇。某年八月，我去此地探亲。三樟镇在洣水河畔，黄贡椒成片种植在河滩一带。只见此椒成熟后，通体呈金黄色。当地亲人介绍，相传在清朝嘉庆年间，由衡东状元彭浚把黄辣椒带到宫廷进贡，皇帝尝后，龙心大悦，钦点三樟黄辣椒为“贡椒”，故名黄贡椒。

沙洲村乡村振兴中，种植黄贡椒取得成效，为村民增收多了一项看得见的成果。在沙洲村，南向背后的百丈岭与文明水库及滁河沿岸堆积的泥沙淤积构成的特殊砂质土壤成了黄贡椒的天然宝地。每年初春，黄贡椒开始育秧，三四月开始移栽，到了五月初开始挂果。第一批、第二批黄贡椒出产多为青色。进入初夏，黄贡椒在阳光的照耀下，开始呈现黄艳艳的色泽，外皮光亮无比。到了七月后，开始批量出产，这时候，村子里的人开始忙着晒制。到十月后，逐渐减少。这两个季节，新鲜的黄贡椒为沙洲美食增色不少。

在乡村振兴过程中，沙洲村人大量寻求新的致富路子，有开民宿的、开乡土菜馆的，有种植黄贡椒的、种植水果的，有养蜂蜜的，有做电商的，有经营南杂北货的，也有种植蘑菇的，小村里的人各显身手。在沙洲村，种植蘑菇的人以高价值、高营养的蘑菇种植为主，这里种植的海鲜菇质地脆嫩，味道鲜美，具有海蟹味。

海鲜菇隶属于白蘑科、玉蕈属，子实体中等至较大。沙洲村种植的海鲜菇以纯白色品系为主，又称“白玉菇”等。这里的蘑菇种植以工厂化种植方式为主，建有厂房，其中安装温度控制系统、浇灌系统等现代化设施，蘑菇种植实现了四季种养。而海鲜菇最佳种养期为夏末至秋季，阔叶树枯木及倒腐木上，实现丛生。蘑菇种植户以还原生长形态，建立海鲜菇的种植温度与环境，形成良好的生态闭环。海鲜菇这一优良的食用菌种含有丰富的粗纤维、维生素和17种氨基酸，以及钾、镁等多种矿物质，其中赖氨酸、精氨酸的含量高于一般菇类，多糖、酚类和黄酮等生物活性成分具有较好的抗氧化、免疫调节作用，是一种低热量、低脂肪的保健食品，一般人群均可食用。海鲜菇有防止便秘、提高免疫力、预防衰老、延长寿命的独特功能，备受食客青睐。

在沙洲，无论是瑶家乐农庄，还是瑶厨，都擅长海鲜菇的烹饪。他们集体创造的黄贡椒海鲜菇，以爆炒的方式，让黄贡椒在沙洲美食中创造出适合沙洲物产的奇妙搭配。在挑选海鲜菇时，应挑选规则圆滚、大小均匀的海鲜菇。

以沙洲乡土菜籽油加上猪油，形成混合的油香，也给海鲜菇增加猪油的浓厚的肉香质感，在味道上，赋予了湘菜传统的意义。先煎蛋花，盛出备用。当油温达到八成热时，将新鲜的黄贡椒下锅爆炒增香。若是冬天，则选用干黄贡椒爆炒。快速将海鲜菇倒入进去，一起爆炒颠锅翻炒，待海鲜菇熟时，水分也刚刚出来，快速加入煎好的蛋花，以及盐、胡椒粉、味精、葱花。一盘黄艳艳、亮津津、香悠悠的黄贡椒炒海鲜菇宛如黄金玉盘，那色泽、那香味，一应俱佳，令人食欲大增。

一箸在手，一口咬下去，海鲜菇清脆、筋道，满含黄贡椒与鸡蛋的清香，一口菜，一口饭，无不清脆香甜，回味无穷。而那汤汁更是鲜甜醇香，绵绵不绝。

清水煮紫芋

自古以来，沙洲物产受南岭气候和土壤的影响，这里的农作物和蔬菜多以高温、湿润和半阴环境为主要种植条件，其中既有罗霄山脉西南端高寒山区的变化，又有南岭亚热带气候的独特风情。沙洲的独特地理条件给沙洲物产带来了别有洞天的种植格局。这里的水果特别有名，文明黄金柰李、沙洲翠冠梨无不成为南岭地区，乃至国内享有盛誉的水果品类。

沙洲自古田地少，山林与田园交错中，更多依靠种植水果和地里的其他农作物借以养身。红薯、高粱、油菜、芋头、土豆、豆子、豆角、南瓜、冬瓜，搭配凑合少有的粮食过着紧巴的日子。沙洲人想方设法做高粱糍粑，磨豆腐，晒制红薯干、茄瓜干等。不论丰年瘦年，打糍粑成了节日里和喜庆日的重要民俗活动。每每到了秋后的日子，天气一冷，很快就临近春节。沙洲人趁着秋后的闲暇时光，家家户户开始制作糍粑和炒货、煎米糍圈。邀来的邻里帮忙，势必主家安排吃饭，女主人做几道菜，如肉碗、鱼碗、鸡蛋碗、豆腐碗，还有萝卜青菜，其中最好吃的莫过于一道清水煮紫芋。

沙洲芋头种类多，有小芋和大芋之分。而大芋又分为白芋和紫芋两类。沙洲的紫芋口味独特，基于这里的土壤含沙土属性，种植出来的紫芋口感软糯，清甜爽口。沙洲紫芋块茎粗厚，侧生小球茎若干枚，倒卵形，皆可食。叶块五片左右，由块茎顶部抽出。叶柄紫褐色，叶片深绿色。主要生长在滁河两岸的水田中，越是近水的溪湖畔或湖沼湿地，长势越好。如今，芋头巨大的叶片成了城里水缘观叶植物，广泛作为盆栽或者湿地种植栽培。其生性强健，喜高温、湿润和半阴环境。块茎、叶可以入药，散结消肿，祛风解毒。而芋头本身作为乡土食物，做菜拌饭广为流传。

对于芋头，沙洲人甚少会制作紫芋丸子，或者煎卷。千百年来，只会清水煮食。沙洲人炒清水煮紫芋，道法自然，却又蕴含着沙洲瑶家百姓的简单生活习俗与传统。将挖回来的紫芋刨了表皮，用刀切成一两厘米厚、五六厘米宽的块状，用菜籽油和猪油烧红，将紫芋倒入油锅中过油爆炒。两面翻炸后，爆出一定香气时，加入泉水一起煮。水面要平着紫芋，以免水不够，煮的时间不够熟透。煮五六分钟，加入几颗黄贡椒一起炖煮，增辣增色。两三分钟后，紫芋开始熟，边上略带软烂，开始加少许盐、味精、胡椒粉，拌匀后开始装碗里，撒上葱花便大功告成。

清水煮紫芋既可下饭，也可作米食充饥。紫芋不但可以清水煮，在湘南其他地方还以清汤粥水煮食加作料。清水煮紫芋，装入大碗之中，宛如光泽如新的翡翠或玛瑙。紫色的汤汁，紫色的芋头，带给食客的视觉是愉悦的，宛如上苍的仁慈，徒增内心的信仰，这又给沙洲红色游带来了新的寓意。

清水煮紫芋淋饭，软糯之中显辣香，清甜爽口。在大鱼大肉横行的今天，这道素菜正是大道至简的人间绝味。得天地灵气的紫芋，纳天地之精华。在沙洲美食史上，其以高贵的紫色、低调的灵性，在餐桌上显示出强大的精神与包容的气度。

NO.25 油烧酱料大肠

即便在冬季，沙洲的野草足以拌着糠米喂养着村子里的土猪。村子里的猪是幸福的，它们依旧保持着传统所给予的喂养方式。在猪圈里，现代化的猪圈不再是过去土砖砌的猪栏。水泥地板，猪粪导流槽，地板上还有干爽的稻草作为铺垫。整个冬天，这样的环境舒适干爽，干净又保暖。

沙洲村的养猪户不多，有几户人家的养殖规模已经是这个时代的佼佼者。他们的规模养殖成了小镇现代化养殖的示范户。偏偏在这样的大环境下，还要坚持部分传统养殖手法，保持着对传统的敬畏，他们更多把生态的猪肉留给自己和沙洲的父老乡亲。

过去杀猪，除了逢年过节，平时不是喜庆日子或者孩子读书，基本不用想着杀猪换取金钱来过好日子。沙洲村习惯养猪过肥年，腊肉、腊猪蹄、腊猪耳、腊猪尾、腊猪头、腊猪心、腊猪肝、腊大肠，以及腊鸡、腊鸭、腊兔子，村子里面能腊的都腊上。

尤其红喜日子，村子里也有吃夜宵的习惯，把家里上好的腊制品全部拿出来，给亲戚朋友制作一顿美味可口的腊盘子全席。

到了谷雨前后，沙洲人把山里出产的笋子晒干。到了秋天，地里出产的豆角、茄子、辣椒、红薯等，能晒的都晒上一遍，保证冬天的干菜丰盈，家里来了客人，也不用慌张地外出买菜。客人也会称赞女主家勤快持家，宾主双欢。沙洲的晒干辣椒既有白辣椒，也有干红辣椒。家里的坛坛罐罐里面还藏着卜辣椒，既有酸的，也有盐的。有酸酸的卜萝卜、卜豆角、卜刀豆、卜洋姜、卜蒜头、卜姜块、卜藠头等，村子里的菜，只要能入坛子菜的，都会安排上。

也有人家会在腊月到来的时节，将猪肉及猪什过油煎炸，再抹点盐巴，以便保存时间久长。煎炸的猪肉及猪什有着不一样的风味。加之沙洲进入冬季后，温度普遍在零度左右，对于食物的保鲜和保存有着得天独厚的自然条件。即便气温过高，那煎过的肉食也会产生出一种略带霉变的新奇味道。不腐，却有异常的发酵因子，使肉依旧保持清香和一种奇特的味道。

在沙洲瑶家乐农庄，油烧酱料大肠大多是以这种传统方式制作出来的美食。只不过当下人更喜欢直接品尝保存时间短，以当日煎炸的猪大肠作为主料，保证食客品尝到一个“鲜”字。这也让瑶家乐农庄的大厨在传统中实现了创新，在创新中把握了传承，既要保持猪大肠的焦香，也要保持猪大肠的软糯。

在煎炸切刀时，将猪肚切成一指大小，长两三厘米的块状，过油煎炸后，回锅入笼蒸至软糯，或者直接加水、酒和醋，使大肠在浸煮的时候，充分吸收并膨化，做到入口有嚼劲，余香留味。

油烧酱料大肠爆炒时，先将干红辣椒、小米辣切碎，再配以姜块、蒜头。烧热油，把干辣椒爆香，再倒入小米辣、蒜头、姜块一起爆炒。八成熟，倒入猪肚，一起拌炒。加入生抽、老抽、胡椒粉及味精，冬季可以加入蒜头段。然后快速颠锅，使其均匀受热。

油烧酱料大肠爆炒出来，盛入大碗后，一看则显得奔放自由。在干涩的冬日里，这碗土菜绝对让人暖胃暖心，连干辣椒和汤汁一并倒入碗中拌饭，大块朵颐。

NO.26

苦槠豆腐

沙洲红色文化兴起后，附近的文市瑶村中央红军卫戍司令部旧址也成了泛红色沙洲的景区。同为百丈岭山脚下的红色革命村庄，村子里的生活习俗与沙洲一衣带水，紧密相连。

去年岁末，我随友人到文市瑶村湘顺湾农家乐吃饭，偶遇一道儿时常吃的菜——苦槠豆腐。湘顺湾农家乐的负责人说，苦槠豆腐是沙洲的乡土名菜。一碗红通通、亮晶晶的苦槠豆腐瞬间把我带回了儿时的记忆。

在百丈岭，漫山遍野生长着苦槠树，还有野生板栗、栀子花、山楂等。与岭南及赣州交界的高山处长满了猕猴桃、八月瓜、杨梅等野果。其中最多的莫过于几人合抱的苦槠树。苦槠树外形像极了板栗树，个头儿略矮些。树叶宽大，属于阔叶林。呈伞状，亭亭如盖，在山中，宛如少女一般脱俗。

湘南高山上，冬季若无白雪遍野，便是雾凇遮蔽。百丈岭一带素有“粤赣分水岭”之说。向南，便是广东地界；向东，便是江西地界。在汝城，这样的高山多，很多地方流传着“鸡鸣三省”的故事。在这样的高山地区，苦槠树像山神一样生存、繁衍，以果身养育山下百姓。

每年春天过后，苦槠树开始长新芽，随着时光流逝，叶子越来越宽大。每年五月，果树开花，花色黄白，如同花菜苞芯，灯笼一样繁华。果实刚刚长出来的时候也是乳白色。随着秋天果实成熟，苦槠树结出的果实为褐色，外表有细毛，每到十月后的初冬，果实就成熟了。

沙洲人把苦槠树结的果实叫作苦槠子，又称苦栗子。果实的外形像板栗，果实呈圆滚状。个头儿比板栗要小得多，冬天西北风一刮，成熟的果实就会从裂开的壳里掉下来，噼里啪啦地掉在山谷之中。但凡这个季节想做苦槠豆腐的人，都会背着竹篓、戴着手套去捡苦槠子。

每年初冬一到，农事结束，村子里的人便到山野之中寻找野果，捡苦槠子，捡得越多，越好做苦槠豆腐。

拾苦槠子不辛苦，只是初冬爬山还是比较阴冷。百丈岭的苦槠子掉在山坡上，要弯着腰，半蹲在山坡间一颗颗在地上扒着翻找。越是往上走，天气越凉，手越冻，捡着捡着，手就麻木了。这时候，捡拾者习惯把冻僵的手往嘴边一哈，等到嘴里的暖意使得手稍稍缓过劲来，又弯下腰开始使劲地扒，使劲地捡。

捡满了一竹篓苦槠子，又返回打点的地方，将竹篓子的苦槠子倒入蛇皮袋里盛着。捡满了两袋后，用扁担挑着，朝黄泥铺走去。回家后，太阳晒裂苦槠子的硬壳，剥出白嫩的果肉，然后放入水中浸泡一个星期左右，去涩味。然后磨粉，用水漂几天，每天换水。最后，取粉倒在锅里，搅拌均匀，边热边搅，使之均匀。最后，用瓜勺舀起，放入木制的豆腐罩子中凝固，“苦槠豆腐”就大功告成了。

做好的苦槠豆腐似板砖，用刀沿着豆腐罩子的条线划开，再置于山泉水中养着，每天换水，保持新鲜度。苦槠豆腐微微透明，色泽呈奶黄或褐色，一眼看去十分诱人，有点像魔芋，独具清香。

沙洲人炒苦槠豆腐很简单，将锅烧得红红的，放些猪油，然后将苦槠豆腐切成小块，倒入油锅，爆炒颠锅几分钟后，加入酱油，继续颠锅翻炒。待出锅时，放辣椒灰、胡椒粉及葱花，撒点味精和葱花，立即出锅，一碗红通通、软嫩嫩、爽滑滑的佳肴便来到人间。

有人说，苦槠豆腐营养丰富，不仅含有铁、钙、磷、镁等人体必需的多种微量元素，还含有糖类、植物油和丰富的优质蛋白，素有“植物肉”之美称。而湘南的一碗苦槠豆腐不一样，苦涩总是让人觉醒生活的味道。儿时的一碗好菜莫不是南方有嘉木，唯愿岁月深！

雷公菌

我到湘顺湾农家饭庄吃饭的时候，有意外之喜。在硕大的餐桌上，一道黑色似木耳的菜令我为之惊叹。离开故乡二十多年，若不是少年的记忆，怕是只能在记忆里寻找这道肉菜。

少年时，只有在春季才能看见雷公菌。夹起放在碗里，那股熟悉的味道油然而生。小时候，每次雨后随母亲去菜园子，经过一个山丘，光滑的石头面上，凹凸不平地生长着一簇簇雷公菌。

在村子里，严寒离去，春意渐暖，一阵滚滚春雷，数场淅淅沥沥的春雨将村子里的山坡、丘陵、菜地浇得通透。在没有人禽走过的山石坡上长着密密麻麻的雷公菌。

雷公菌，又叫地木耳。长在地上的雷公菌成片成片的，密密匝匝，就像给大地披上了一件衣裳，所以又名地衣菜，真正的学名是普通念珠藻。无论别名还是学名，雷公菌皆形神俱备，好似村子里的亲人。

在春雨来临的时候，村子里的天气说变就变。而雷公菌也是一样，有自己的性格和脾气。虽然雷公菌对生长的季节特别挑剔，可它更爱干净。听村子里的老人说，但凡有畜生走过的地方，雷公菌都不爱生长。许是它和人类有了某种誓言，忠厚又坦诚，不愿被糟蹋，努力将纯洁奉献给村子里的人。

春雨到来的时候，菜园子里真正拿得出手的菜已经不多。经过一个冬季的雨雪和霜降之后，只有少数没有采摘的白菜还在菜地里寂寞地生长并老去。在油菜花都要盛开的时候，只有菠菜、葱、蒜苗等少数新鲜蔬菜在地里坚强地肆意生长。母亲去菜园子时喜欢披戴斗笠蓑衣，手里挎个竹篮，那样子一看，似乎很隆重。除了拔一些菠菜、葱、蒜，母亲势必去垄上找寻雷公菌。那种期许需要眼力，在湿漉漉的岩石上，斜风细雨中一眼能准确分辨出雷公菌的样子。

垄上是一块块光滑又寸草不生的岩石层，其中混杂着草地，还有一条看似泛着光泽的通往菜园子的泥泞小路。这样的小路分布在每个村民小组的某一处。故乡的村子里，总是或多或少有着喀斯特地貌式的小山丘。这种山丘是雷公菌最喜爱的生长地。在春雨的滋润下，雷公菌一层层、一批批地冒出来。

雷公菌生长初期是橙黄色，待成熟期，要么变成黑色，要么在雨水的映照下呈现翠绿色。一块巴掌大的雷公菌吮吸了春水后，菌身亮晶晶，顺滑洁净。梅雨时节是盛摘期，出产最多，一般眼尖的人，半个小时不到就可以摘一篮子回家。

提回家，到水井边清洗泥沙，再自然晾干菌子面上的水分。只要想吃，就可以拿着清洗好的雷公菌开锅下厨。

雷公菌可爆炒，可开汤。爆炒雷公菌并无章法，按照家乡菜的炒法，以猪油和菜油合着爆炒，加盐、味精即可出锅。此物若是加点碎肉，放在一起爆炒，味道自是更佳。那个年代，有钱人家不多。即便是半边户，家里有人吃公粮，也甚少有人拿肉来开炒。有的人家会拿出坛子菜、卜萝卜、卜辣椒、卜豆角一起炒，增加爆炒雷公菌的味道。盛在碗里，色泽亮堂，有葱花相伴，热气蒸腾，香气氤氲，清香四溢，让人垂涎。

在故乡，雷公菌得天地灵气，取日月精华。每每进入夏季，阳光足了，雨水少了，雷公菌也就逐渐枯萎、干瘪，没有水分和光泽，已经不适合吃了。

科学表明，雷公菌富含蛋白质、维生素、叶绿素、叶黄素、胡萝卜素、藻胆素、人体必需的元素和少量脂肪，其中钙元素、铁元素、维生素C等的含量超过了木耳和银耳。作为野菜，这也是一种难得的健康食物。

那夜，在湘顺湾农家饭庄，我用勺子足足舀了一碗雷公菌，细嚼慢咽，边吃边想儿时的种种美好。那儿时的唇齿留香无不在记忆中升腾，一如母爱，一生令人难以忘怀。

汝城板鸭

郴州山高水长，风景秀丽，是著名的旅游城市。这里出产的茶叶、辣椒、鸡鸭、腊肉等特产数不胜数。在我的记忆当中，故乡的特产不外乎山上长的、地里种的、河里游的、水上养的、手工做的。诸如永兴的冰糖橙、宜章的脐橙、汝城文明的黄金柰李、桂东的黄桃、临武的鸭子、东江的鱼仔、桂阳的辣椒、安仁的烫皮、永兴的豆油，这都是响当当的地方特产。

那日，我去汝城沙洲吃饭，看到桌子上有一盘晶莹剔透的板鸭。听朋友说，这是一道汝城的板鸭。又听说是郴州地区的传统名优特产之一，我当即觉得自己像个孤陋寡闻的人，不光见识少，对故乡风物的了解也越来越陌生。

友人介绍说，汝城的祝家村板鸭是汝城名副其实的名特优产品，主要盛产于汝城大坪上祝一带，汝城县志记载，这里饲养汝城麻鸭有200多年历史。这里的麻鸭肉质细嫩，香味可口，肥瘦适宜，食而不腻，不用调味，蒸熟即可食用，具有独特的风味。相传乾隆皇帝巡游江南时，曾御用过上祝板鸭，因享其香浓味美，即兴赐名祝家村板鸭以示嘉奖。至今，汝城板鸭在省内久负盛名，连港澳市场也盛誉有加。

湘顺湾农家饭庄的老板告诉我，他专门去板鸭制作基地考察，了解汝城板鸭的制作工艺。进入深秋后，大坪镇上祝村一带正是秋收过后的大好时节。稻田收割后，有着散落富余的粮食颗粒，稻田里的积水中有着各种各样的虫与野草。上祝麻鸭赶在这一时期，迎来最佳的成熟期。

上祝人养麻鸭，每每将体重两斤半以上的麻鸭公母分群，游牧一星期后，正式舍内饲养催肥。每天定时定量喂三餐，鸭舍光线要暗，时间需达28～32天。这时，已是初冬，上祝麻鸭的加工季节正是在入冬以后，以冬至为黄金时期，霜雪天为佳，气候越冷越好。

麻鸭加工，先宰杀处理。去掉翅、爪、内肠等，然后用炒食盐腌制数天发酵后，一般晒几天即成板鸭。整个过程看似简单又很复杂，先将光鸭处理干净，用盐和少许花椒擦抹全身。腌制三个小时左右，冷水入锅，烧开后去除血沫，待鸭皮收紧后，取出放在通风处将表皮吹干；汤锅加适当的水，放花椒、大料、香叶、草果、小茴香、肉蔻等香料，以及葱段、姜片、盐、料酒、糖色、味精、胡椒粉、少许白糖、酱油；熏锅上火，放熏料，待熏料冒烟后，将鸭子放入锅中熏至表皮金黄色取出；烧开后将鸭子入锅中烧开转中火，将鸭子烧至八成烂的时候关火，在汤中浸泡一个小时左右取出控净多余的汤汁，放通风处吹凉；原汤去浮油，箅去多余的杂质，倒入盆中冷却；再开始晾晒。

每当这时，进入上祝村，家家户户都在屋前的禾坪上架上竹篙、竹匾，把麻鸭挂在这些器物上晾晒暴晒。晒户对麻鸭的技艺也相当讲究，做到形如叶、色如雪，天然禀赋，浓香扑鼻。做好的麻鸭向市场销售，汝城一带的餐饮络绎不绝地奔赴上祝村采购。

农家饭庄后厨表示，做汝城板鸭，技法有三：一为清蒸，食用时将鸭子斩成条，加蒜蓉、醋、香油和少许原卤汤拌均匀装盘即可。二为辣蒸，将鸭子斩成条，加辣椒粉、豆豉、蒜蓉、醋、香油和少许原卤汤拌均匀装盘即可。三为爆炒，以干煸的方式爆炒，以蒜苗、干红椒、小米椒、姜块一起，略加水，确保板鸭的软度，保证食用时硬度适中。

干煸茄子

百丈岭山脚的土地耕种了千百年，那些蔬菜、瓜果仿佛村子里的亲人，一个都不能少。一年四季，它们轮流在土地上走动，仿佛人的一生，从生长到老去，一生经历着播种、长苗、移栽、成长，再到收割。

在沙洲，茄子是幸福的，其像女子一样，备受庄稼人喜爱。沙洲人吃茄子，晒茄子干，从春天到秋天，一直为茄子的一生在劳碌。村子里的人喜爱茄子，每当到了夏季，沙洲日光充足，茄子的产量也正是最高峰的时节。每当这时候，除了摘来吃，吃不完的，家家户户焯水，切成条状，在烈日下暴晒。晒干的茄子有的做卜菜，有的腌制，还有的做成干茄子，在冬天来蒸肉。

沙洲晒瓜果主要有辣椒、茄子、豆角、干笋，一户人家晒得越多，说明家里的女人越勤快。在这种勤快中，她们成了小村的贤惠的代名词。当季蔬菜中，各种各样的厨艺成就了沙洲饮食的特色。一道新鲜的干煸茄子是沙洲人不可多得的传统特色名菜。与川菜不同的是，沙洲干煸茄子以鲜茄为主、干辣与鲜辣两种组合，再以干煸过油，佐以蒜头为主，此菜主打口味焦香，入口软糯，绵绸不已。

在制作干煸茄子时，以菜籽油高温煎炸，再以小火煎匀，确保皮焦肉嫩，用时之短，极为考验厨师的手艺。沙洲人喜欢将茄子洗净切成一指宽的片状，用清水泡十分钟，这样炒出来的茄子不会发黑。在下锅前，师傅将浸泡好的茄子沥干备用，干红椒与大蒜煸炒七八秒，捞出备用。锅内倒入冷油刷锅，油倒入油盆。再烧热，取一勺油倒入锅中，下入茄子片煸炒两三分钟，等茄子片的水分炒干时盛出。将干红椒、大蒜头、鲜红椒一起与茄子翻炒，加入盐、味精调味即可出锅。

沙洲干煸茄子的味道之所以与川菜之不同，在于沙洲人干煸茄子不下花椒、肉片，使得沙洲干煸茄子保持了其味道的纯正性。好的师傅干煸这道菜时，通过猪板油的添加，使干煸茄子炒出了肉香味。尤其到了夏天，紫苏疯长的时候，将紫苏切碎，一起拌炒，又能尝到紫苏在这道菜中的灵魂摆渡。

在沙洲，茄子是为数不多的紫色蔬菜之一，也是人们餐桌上十分常见的家常蔬菜。在它的紫皮中含有丰富的维生素E和维生素P，这是其他蔬菜所不能比的。由于茄子味甘、性凉，入脾、胃、大肠经过体内，具有清热止血、消肿止痛的功效，因此干煸茄子这道菜，深受客人青睐。

我去瑶家乐农庄后厨看师傅干煸茄子，每每看到他们拿出沙洲晒制的干红皱皮椒，便觉得这种原生态的食物足以吸引来沙洲村旅游行走的人。无论他们从哪个城市走来，都能寻找到最原始、最生态的食物形态。而这正是沙洲人不可或缺的田园命运之福，在生命的琴键中，不断弹奏出幸福的主旋律。

红烧土豆

土豆怎么也想不到，在沙洲摇身一变，竟成了餐桌上的网红。

土豆原本是国外产物，学名马铃薯，到沙洲种植有两三百年的历史，土豆性喜冷凉，是喜欢低温的作物。其地下薯块形成和生长需要疏松透气、凉爽湿润的土壤环境。其对温度的要求不高，块茎生长的适温是16 ~ 18℃，当地温高于25℃时，块茎停止生长；茎叶生长的适温是15 ~ 25℃，这里的亚热带气候是土豆生长的极佳环境。

沙洲不仅土地肥沃，而且是高山区，非常适合种植土豆。这里的土地含有沙性，疏松透气，加上百丈岭一带的高山气候，沙洲的土豆历来成为主要粮食作物之一。百丈岭作为岭南茶马古道的主要通道，茶盐交易一直是南岭地区最早受益的地域之一。传说马帮将土豆从岭南带到沙洲时，土豆受高温影响，行至沙洲后，开始发芽。马帮有好事者将土豆撒在沙洲茶马古道边的菜地里，使其茂盛生长。沙洲人不知名，遂将这一作物的名字取意为土豆，毕竟生长于土中。

在沙洲，土豆、高粱、稻子、豆子、花生成了这里传统的种植作物。从三月到七月，土豆的开种期长，生长三个月后，就可从土中挖取收藏。所以，沙洲人一年四季都可以有土豆吃。沙洲收土豆，村子里的人在百丈岭山下的陡壁处挖洞，保持一定恒温，再用泥巴石块糊住洞口进行隔氧，利于收藏。

沙洲人吃土豆不光清蒸，还有红烧，有时用捞米粥水煮，有醋熘的，有切丝的，有切片的砍成一坨坨的，刀工和烹饪之法数不胜数。沙洲的辣椒为土豆贡献了不少力量，村子里怎么炒、怎么烹饪土豆都离不开辣椒的佐拌。村子里也有晒土豆干的，土豆用水煮熟，便可切片放置于竹篮中，用阳光暴晒。干了后，可煎，可炸，可蒸菜。

沙洲红烧土豆，选取个头儿不大，即便在市场上也不受欢迎的，留给自己吃。而这种土豆最适合做红烧土豆。村子里的人以酱油、豆豉油、辣椒粉、胡椒、陈醋、味精、桂皮、八角等合成一种特殊的红烧酱汁料。先将土豆的皮去掉，再放在蒸笼里蒸熟，一般为半小时左右，用筷子一插土豆，能穿透时最佳。

此时，起锅，放入菜籽油和猪油各一半。油烧红后，将蒸熟的土豆倒入锅中爆炒三五下，再将红烧酱汁倒入锅中，边翻炒边用铲勺将土豆按碎，使酱汁充分在土豆中入味。在出锅之前，将葱花或者切碎的大蒜苗倒入锅中，快速翻炒几下，将红烧土豆盛入大碗中，一碗有肉香的红通通、油亮亮的红烧土豆便可端上桌。

土豆好吃，肚子易饱。土豆含淀粉多，多吃撑肚皮。如果不是酸辣土豆丝，土豆很难成为一道下饭菜。红烧土豆化解了这个矛盾，将味觉提升了层次后，食客在点这道菜时，会觉得既生态自然，又能品尝沙洲本土出产的物产，其意义就变得更加非凡了。

生炒羊肉

春天，百丈岭最美的当数次第开放的绿色，层峦叠嶂的山域，那种新绿和枝头的浅芽从山下一步步往上开放，直到山顶的浅芽长出来，真正的春天就开始了。此时，惊蛰的一声惊雷呼唤着山下的桃花红、李花白。当漫山遍野的桃花开了、梨花白了，草也争先恐后地从地底下冒了出来。草尖露出细芽时，那些行走在桃李林下的羊群正在埋头寻找新鲜的草芽尖尖，这一季的长膘与春事都要靠大地的恩赐。

沙洲得大地的馈赠，这里的人养羊旺盛。羊多了，吃羊便成了沙洲人的日常、炖羊肉、焖羊肉、爆炒羊肉，辣的、酸的、原味的，想怎么吃就怎么吃。沙洲餐饮人把沙洲羊的炒法发挥到了极致，很多饮食店推出的生炒羊肉与衡东的生炒羊肉不相上下。

沙洲人吃生炒羊肉，首先得选沙洲自产的辣

椒，这里的辣椒味道鲜，口味醇厚，选用沙洲细椒和尖椒一起，味道绝对与众不同。

听师傅说，选羊肉200 ~ 300克，配料选用红椒约60克、尖山椒30克、白辣椒10克、姜8克、蒜瓣、青蒜10克、盐2克、胡椒10克、味精1克、酱油1毫升、蚝油3毫升、胡椒粉1克、茶油150毫升、米酒10毫升。将青蒜苗切成丝条状，备用。

炒制的步骤是，先将红椒、尖山椒、白辣椒切丁，姜蒜分别切碎，青蒜切段。接下来，将羊肉皮和肉分开，去除羊油切丝，把羊皮切成丝状。

炒锅，倒入茶油烧热，先将切碎的羊皮爆炒，待三十秒左右，将羊肉一起倒入爆炒断生，加盐、胡椒粉一起爆炒，倒入碗中备用。再次起锅，倒入茶油和猪油各一半，猪油能增加生炒羊肉的肉香味。倒入姜蒜末，翻炒一两下，再倒入红椒、尖山椒、白辣椒一起爆炒，待冒出香气后，倒入备用的羊肉，加入酱油、蚝油、味精、酿米酒炒匀。其中酿米酒最大的好处是去腥，化解羊肉的膻味。

此时，加清水没过羊肉的三分之二，煮开收汁。适当翻炒一两下，待汤汁收一半，撒青蒜。再放胡椒粉，炒匀出锅。

一盘飘着茶油香味的生炒羊肉是湖南土菜名县衡东土菜的拿手好菜，也是沙洲人民难得的乡土好菜。两者除了所用的食材在辣椒的取舍上不同外，沙洲的辣椒比衡东黄贡椒别有一番风味。

从营养学来讲，生炒羊肉，由于羊肉鲜嫩，营养价值高，凡肾阳不足、腰膝酸软、腹中冷痛、虚劳不足者皆可用它做食疗品。羊肉营养丰富，对肺结核、气管炎、哮喘、贫血、产后气血两虚、腹部冷痛、体虚畏寒、营养不良、腰膝酸软以及一切虚寒病症均有很大裨益；具有补肾壮阳、补虚温中等作用，男士适合经常食用；对女士也有美容、滋阴的作用。如今，沙洲的生炒羊肉已经成为四季常补的一道美味佳肴。

糖醋鱼

从沙洲去文明水库采风，若到库区中心，需从S205县道蜿蜒经过。进入库区门口交界处，道路开始朝山上呈“S”形开着，向前两三公里，右手边的一条小路便是通往上联村的核心区。道路弯曲，一直沿着库区的沿岸山丘行走，到了一半，忽然，村子像悬挂在半壁石山上，村子和房屋沿着山的陡峭而呈梯状。车行至此，道路越来越窄，沿着石壁仿佛像贴身而过的人一样。连石壁上生长的乱枝都能贴着车身，在风的追逐下一阵乱拍。对于右边的车轮，你只能凭直觉，感受路基下的空旷和孤独。这种车技，没有十年八年的老司机，恐怕难以应付，一边行驶，一边心里打着寒战。

到了库区的底下，地面开始平缓起来，村子里散落的房子开始依稀可见。水库的上游还是滁河的水，从更远的地方流经下来。进入库区的核心，最边沿的地方当是饮用水的收集净化区，文明水库承担了文明镇的饮水，沙洲人靠这里的水养活着。四周有田野，有菜地，白菜、菠菜、大蒜苗生长得青绿。水面能看到鱼的影子，它们在水中游着。很多时候，文明水库的鱼养活着文明人，也滋润着沙洲人的好日子。

沙洲瑶家乐农庄所经营的水产除了海鲜，大部分是文明水库的恩赐。在这里，糖醋鱼是菜谱里的常见菜，成了沙洲文旅饮食的特色菜肴之一。

瑶家乐农庄的老板说，糖醋鱼做法简单，口味属于糖醋味，做法属于烧菜类。糖醋鱼本来是上海、江苏等地的淮扬名菜。此菜金红、香脆、甜酸，多选用吕泗渔场的大小黄鱼，黄鱼是我国最古老、最重要的经济鱼类之一。到了沙洲，选用沙洲本土的草鱼、鲤鱼皆可。

做糖醋鱼最重要的是选对鱼，因为鱼要先切开划成片状，肉质全部连接一起，黏了粉后煎酥。再淋上酱汁，所以要选择外观看起来圆鼓鼓的鱼，如肥厚多肉、耐煎耐煮的草鱼、鲤鱼等，此类肉质肥厚且富有弹性的鱼比较适合做糖醋鱼。

糖醋鱼中的醋能使鱼骨和刺软化，适合老人儿童食用。文明草鱼和鲤鱼含蛋白质、脂肪、糖、维生素、钙等多种营养成分。依据沙洲口味，适量加入少量的辣椒面来增加辣味，改良成湘菜中的糖醋鱼。

选用草鱼或者鲤鱼一条，辣椒面、姜、白醋、白糖、茄汁、生粉、盐、花生油适量。

先将鱼去鳞去肚洗净，控干，改花刀，用少许盐撒一下鱼身上。在鱼身上涂抹均匀生粉。将姜切丝，蒜头拍碎。锅里加油烧至八成热，将抹好生粉的鱼肚子朝下，入锅炸至金黄，并定好型取出。将油温调高，炸好的鱼再入锅稍炸一下，取出装盘待用。炸鱼的油留用，洋葱丝下锅稍微炸一下，取出控干油分。将油倒出，留少许烧热，下番茄汁炒至红亮。加入姜蒜，稍炒，加入白糖、白醋、清水，煮至糖融化。加入淀粉勾芡，将调好的糖醋汁淋在鱼身即可。

师傅说，鱼改花刀的时候，第一刀先往鱼头方向斜切至骨，然后贴着骨头往鱼头方向切一下，每刀都如此。炸鱼的时候，油温要高，入锅的时候，可以手拿着鱼鳍放置下去，此时不要动以便定型。糖醋汁的比例是茄汁、糖、醋、清水1 ∶ 1 ∶ 1 ∶ 3，茄汁先下油锅煸一下，能令它更红亮，因为它是脂溶性的。鱼用少许盐先抹一下，能令它更入味，这是糖醋鱼的美味秘诀，芝麻的点缀也是相当出彩。

沙洲瑶家乐农庄的美食不光在湘菜的研究上下功夫，更不断改进食客的味蕾。为了满足全国各地的食客需求，瑶家乐开始逐渐学起了全国各大菜系的制作技艺。通过改良，使沙洲味道变得丰富起来。那种学习和包容的姿态正是当下沙洲人在乡村振兴和文旅事业中所追求的姿态。

NO.33

瑶家什锦下饭菜

惊蛰一过，沙洲的油菜花开遍了山岗。沙洲的菜园子里，各种青菜长势越来越好。滁河的水哗啦啦地欢快流淌，仿佛一个多情的少女，在村子里欢呼雀跃。每每这个季节，刚刚过完年，时令菜再次回归沙洲人的日常。

古人道：“肉不如蔬，能居肉之上者，只在一字之鲜。”沙洲土地肥沃，种植出来的鲜蔬成了沙洲人的盘中餐。这里的天然植物油和春节杀年猪的猪油都是炒鲜蔬的上好油料。沙洲人家保留着柴火灶，柴火爆发出猛烈的火力，让蔬菜有了别样的农家味道。若是天天单一吃蔬菜，多了也会腻，接下来，沙洲人对各种时蔬的创新也就不断衍生。瑶家乐农庄的瑶家什锦下饭菜将农家时蔬独有的特色倾心而出。

先说莴笋，惊蛰的雨水让沙洲的土地异常滋润。在雨水的浇灌下，莴笋变得鲜嫩无比，一刀下去，能听到莴笋拔丝的清脆声。莴笋剥皮容易，用刀斜口一拉，皮就顺着剥离。莴笋非常脆爽，可以焯水后，直接用酱汁浸泡。沙洲爱吃辣，更爱清爽的寡淡。莴笋赋予酱汁的味道后，嚼起来更加香甜。有时切丝，用来爆炒；有时切丝，可以醋熘；也可以切成墩块或者艺术形状，增加食客的食欲。

再说豆角，除了市场上的新鲜豆角，都是外来跨季的蔬菜。本地的豆角一定是坛子里的藏货，有卜豆角，也有酸豆角。沙洲人对于豆角总是别出心裁。传说北宋理学名家周敦颐在出任通判虔州（今赣州市）前，亦在汝城担任县令。在汝城筹建九江濂溪书院，始称濂溪书堂。濂溪本是周敦颐故里之名，周敦颐远离故乡，在外地长期为官，因清廉而贫不能返乡，喜爱山之美，便结屋于此，取名“濂溪书堂”，表示侨寓此地，乡关在目之意。相传书院弟子有沙洲人，曾给先生带去家里的酸豆角，先生对此倍加赞赏。

瑶家什锦下饭菜中还有文明水库下游的藕带、黄瓜。藕带倒是春天正好挖出，沙洲附近的山塘水库种着很多藕。黄瓜则是大棚产的。煎几片五花肉，一起合炒。那味道脆爽无比。

瑶家乐农庄的什锦下饭菜一眼看去，莴笋青嫩丰腴，豆角细而碎圆，藕带饱满白嫩，黄瓜青绿滑香。入口软滑鲜香，生脆爆汁，味道之鲜，完全停不下口。什锦下饭菜还可以配卤无骨鸡爪，增加味道的层次感。青的，绿的，褐的，白的，黑的，黄的，五颜六色，看似难登大雅之堂的一道家常小菜，却成了当下沙洲瑶家乐农庄的热门菜。

近期来沙洲游的游客中，凡是吃了这道菜的人，都夸赞沙洲美食的鲜嫩。很多人牢牢记住这道菜，向店家讨要做法，想回家自己炮制。

沙洲瑶家乐农庄的老板娘黄红梅女士说，沙洲菜不能固守着传统思想。沙洲人把坛子菜用活，把鲜时蔬用好，就必须创新。在乡村振兴的路上，沙洲村越走越广，迎接的不光是五湖四海，还有世界各地的友人，要让他们品尝沙洲的美食，必定靠创新。要让沙洲美食扬名天下！

手撕走地鸡

在沙洲广袤的田野中，鸡、鸭、鹅等家禽自由自在地在村子里行走。它们除了对田埂上的嫩野草关怀，还驰走于菜地或者土地上。对于四处流窜的虫子、飞蛾、蚂蚱、蚯蚓，长着尾巴的蝌蚪，溜出田垄上的泥鳅，就连游在滁河边的小鱼小虾，只要能啄到的，它们便会一一啄食，将美食归于肚内。

一只鸡从蛋壳里脱身，一生都在沙洲的田野和土壤上奔波。小时候跟随着母鸡四处奔走，去啄食，认识并分辨出世间所有的食物。此外，它们也听得懂主人家的呼唤，一声“咕、咕、咕……”，便以飞扑的姿势朝主人家所在的方向疾走。有时，还振着翅膀飞跃而去。

鸡或者鸭鹅的命运最后的归途比村子里的牛羊要短一些。它们的成长，从出生到死亡，都与生长环境有着莫大关联。村子里的野草丰盛，肉食和谷物决定了它们一生的走向。鸡是走地的，是村子里对食物的敬畏。这里的人尊重规律，敬畏自然。鸡终究在长达一生的食物链顶端，将自己喂进了命运的终点。当鸡鸭鹅体格肥硕时，一年的时光又进入了岁末年关，归乡人在鸡的命运中见证了岁月的轮回。

在沙洲，要吃一只鸡，必须有多种吃法，清炖的，爆炒的，火煨的，药膳的，腊制的，烟熏的，干晒的，但凡能想出来的，村子里的人都愿意尝试。沙洲瑶家乐农庄新近推出的手撕走地鸡恰恰又成了一道名菜。

一般选用沙洲本土走地鸡为原料，其中，外皮金黄可谓手撕鸡的卖点之一，金黄的鸡皮晶莹而散发甘香，肉质细腻，油脂适中，鲜美含汁，皮质厚实筋道，入口即烂，嚼之不油不柴不硬，并带有浓郁的鲜香味，直至骨髓。

食材选用沙洲走地鸡一只，配以砂姜、葱、小米椒、大葱等作料，再以食盐、盐焗鸡粉、香麻油、熟芝麻相搭。

沙洲瑶家乐农庄的大厨说，先把锅中的水煮滚，准备一只走地鸡清洗干净，去掉多余油脂，清洗掉表皮上的黄衣，洗净备用。锅中水煮滚，关火，然后下入姜片、葱节、大葱，吊鸡入锅三进三出。师傅要提着鸡头，在滚水中提起放下反复三次。再放进冷水中，提起再放进热水中，如此重复三次，将整只鸡放入锅中，盖上盖子，泡十八分钟。

接下来，师傅抓紧配料。将砂姜用刀背剁碎，抓挤出姜汁备用，小米椒切成粒状，准备好葱花蒜白。将葱花和姜末一起淋上热油。此时，捞出锅中的鸡，放入冷水中，泡十分钟左右让鸡肉冷却，鸡头斩除剔骨，将皮肉撕成细条，然后放入适量食盐、1克盐焗鸡粉，姜末、葱末、小米椒，放入熟芝麻，最后放入5克香麻油，把它拌匀入味备用。

加工好后，再配以沙洲芹菜、皱皮辣椒，以及蒜粒、茶油与手撕走地鸡一起快速爆炒，形成了独特的沙洲手撕走地鸡。装入盘后，整盘金黄剔透，油光发亮。皱皮辣椒在茶籽油的高温煸炒下，散发出独有的辣椒清香，瞬间将人的味蕾打开。

而沙洲手撕走地鸡软糯、干香，在沙洲芹菜的作用下，呈现出独特的植物纤维的鲜味。而和那种茶籽油等散发出的生态混合的味道亦是川菜手撕鸡所无法抵达的高度。

NO.35

蕨菜炒腊肉

当春风吹拂岭南，正月最后的日子里，气温大都上升。如果不是倒春寒，遇到晴天，百丈岭的山沟或者向阳的角落里，蕨像个打探闲事的人，偷偷地把头从地底下伸出来。村子里的人知道，蕨的暗语夹在春风里捎带过来，布谷鸟是村子里的好事者，将蕨冒头的消息捎话给村里人。这样一传十，十传百，很快，村子里的人便背着竹篓成群结队到百丈岭采摘。

惊蛰后，蕨开始肆意生长，一簇簇的，那些未展开的幼嫩叶芽正是村子里赶上吃嫩蕨的好时节。在沙洲一带，吃蕨成了村子里正月后的正事。田野里还没有开耕，油菜花开得正娇艳。腊月悬挂的腊肉正在春天里散发着清香，过年吃剩下的酿米酒也越来越醇厚，甘甜带劲。从山上采摘下来的蕨菜一经开水处理后，口感清香滑润，若是炒腊肉，不仅清凉爽口，更是难得的下酒菜。

沙洲人将采摘回来的蕨菜先用温水泡发，清洗干净后，下入煮沸的水中焯烫3～5分钟。捞出后，再过一次清水。有的人直接焯水，沥干后直接切成5～10厘米的段。有现炒的，也有晒干的。

蕨菜炒腊肉，必须先将沙洲农家腊肉放入锅中煮十分钟，将表皮的盐煮掉，挥发咸味。稍放凉后切成薄片，干辣椒切成小段，蒜切成一半，再将蒜苗切成一厘米左右的小段备用。

起锅，烧油。放入腊肉煸炒出油，再放入干辣椒段、蒜粒一起爆炒，待干辣椒冒出香味，将蕨菜一同倒入，翻炒三五分钟。放少许盐和生抽调味，加入胡椒粉、味精，翻炒均匀即可。

宋代著名词人黄庭坚在《春阴》中写道："竹笋初生黄犊角，蕨芽已作小儿拳。试寻野菜炊春饭，便是江南二月天。"对于初春野菜竹笋和蕨菜的生动描写，让人感觉蕨菜初长的样子形似幼儿的拳头粉嫩可爱，完全能从中感受到沙洲的春天有多美，以及沙洲人烹饪野菜的美好生活气息。在沙洲这样的南岭山区，蕨菜更是让人感受到春日气息的无比妙曼。

沙洲人喜欢吃蕨菜，这与当地人流传千百年的饮食习俗有关。蕨菜口感细腻滑爽，春季吃蕨菜具有清热润肠、利尿安神的作用。此外，蕨菜根茎是蔬菜中少有的富含淀粉的食物，可以用来提炼淀粉，也就是我们常吃的蕨根粉。在过去的贫瘠岁月中，蕨根粉是人们充饥的宝贝。如今，沙洲人吃蕨菜，更多用腊肉烹饪，以丰富餐桌上的菜品。

据医学记载，蕨菜中的蕨根素对细菌有一定的抑制作用，可以起到清热解毒、杀菌消炎的功效，蕨菜中的粗纤维能够促进肠道蠕动，缓解便秘。当然，蕨菜也有副作用。过量吃，会对身体带来一定危害。所谓万物有度，适者正好，大抵不过如此。

到了农历五月后，蕨菜开始成形，叶子放开后就变成了植物，老了，不仅口感不好，而且营养价值大大降低。这时沙洲人可以偶尔拿晒干的蕨菜来炒菜或者蒸菜。

水芹菜

沙洲村的春天真的像个宝藏。

如果说，漫山遍野的黄金柰李花开的白和黄桃花开的红算是沙洲春天的排面。那么，沙洲春天遍地的野菜是沙洲的底气。雷公菌、竹笋、胡葱，没有一样不是沙洲人喜欢的。沙洲人吃野菜，不是为了忆苦思甜，而是为了还原对大地的敬畏，以及对自然的馈赠感到珍视。沙洲人吃野菜，自古就有了传说。

在沙洲村，春天滁河的水流淌着，那急切的声音如同布谷鸟催着村子里的人到户外去。除了农耕，还有茂盛的野菜在召唤。沙洲的水芹菜亦是，它长得棵体瘦小，叶子呈淡绿色，散发着淡淡的香味，如同一个女子，浑身散发着迷人的香气，十分令人着迷。水芹菜嫩，尤其初成长的样子，宛如芊芊女子。村子里的人吃水芹菜喜欢吃梗，以嫩茎及叶柄为主。

在沙洲，水芹菜可凉拌或炒食，而炒菜又可清炒、拌腊肉、炒文明豆腐干。怎么炒、怎么出味是一道地道的开胃菜。出了正月，气温开始上升，惊蛰一过，水芹菜就开始冒尖。春分一到，沙洲的平均气温达到15摄氏度，水芹菜在村子里大片大片地生长。不论是河沟，还是河边的旱地里，凡是土质疏散的地方，土地又肥沃，沙洲的有机土地上便匍匐着成片的水芹菜。一旦清风吹来，那些挤着的、站着的，匍匐着的水芹菜仿佛在向人招手。

沙洲瑶家乐农庄炒水芹菜的方法极为简单，去掉水芹菜的叶子，就直接开炒。水芹菜去根须，择掉少许的叶子后，洗净，切成5厘米左右的小段。把芹菜梗在开水中焯一下，捞起沥干水，备用。下蒜米及红椒碎，起锅，放油。油热后爆香蒜碎、红辣椒丝。倒入芹菜段，大火快速翻炒，这时放盐和少许生抽。炒到芹菜熟后，熄火起锅即可。这是净炒水芹菜，色泽鲜丽，清香阵阵，水芹菜清脆嚼起来沙沙作响，作为沙洲人家的家常备用菜，主打的是天然自成。

瑶家乐农庄炒水芹菜，第二道菜为炒腊肉。将腊肉切成小指宽厚，过开水焯一下，先下油，爆香腊肉。下蒜米，及红椒碎，起锅，放油。油热后爆香蒜碎、红辣椒丝。倒入芹菜段，与腊肉一起大火快速翻炒，这时放盐和少许生抽。炒到芹菜熟后，熄火起锅即可。这是腊肉炒水芹菜，腊肉的金黄与水芹菜的翠绿汇合成菜后，主打的是风味组合。

瑶家乐农庄炒水芹菜，第三道菜为文明豆干。将豆干切成小指宽厚，过开水焯一下，先下油，爆香豆干。下蒜米及红椒碎，起锅，放油。油热后爆香蒜碎、红辣椒丝。倒入芹菜段，与豆干一起大火快速翻炒，这时放盐和少许生抽。炒到芹菜熟后，熄火起锅即可。这是豆干炒水芹菜，豆干的柔软与水芹菜的翠绿组成了乡土之恋，主打的是风物组合。

水芹菜有清热利湿、止血、降血压等作用，用于促进食欲、保胃祛痰、降低血糖等。芹菜之所以具有平肝降压作用，主要是因为芹菜中含酸性的降压成分。

春季来沙洲，万物皆可烹，万物利人的季节，野菜是沙洲餐桌上一道亮丽的色彩。在餐饮中，一个厨师擅长将野菜和时令蔬菜的有效组合亦是对食物的尊敬。而沙洲亦是在新的长征路上，对历史的尊敬和对新生活的美好寄托。在关注当下人民生活健康的同时，更注重食物与自然的有机结合。

椿芽煎蛋

俗话说："门前一棵椿，青菜不担心。"春天的沙洲，漫山遍野的椿树长势越来越旺。这个时节的蔬菜除了白菜、菠菜、萝卜、青菜，辣椒、豆角、茄子、苦瓜等还在育秧。一个村子里，蔬菜和万物都有着律令。他们知时节，重时令。恰恰在青黄不接的时候，上苍又以自然的恩赐给村子里带来了希望和寄托，野菜的生长让村子里有了更多的美好和故事。

在沙洲村，百丈岭足以令万物变得妖娆。高山总是有着高山的情怀，流水也有着流水的样子。滁河水岸边，椿树的生长何其美妙。刚一开春，它就冒出嫩嫩的芽叶，在枝头上泛着亮光，红中带紫，奇香扑鼻。椿树嫩芽一出，村子里就有了故事和欢喜。那枝头盛开的芽苞与野胡葱、野地菜、蕨菜，备受村子里的人喜欢，椿芽的美味成了乡村里最美的抒情。

在沙洲村的后山处，菜园的埂堑上，山沟的交接处生长着很多椿树。春风一过，香椿树就长出嫩芽，时间一长，就长出翠绿的叶子。芽苞的香气自带着春天的流量，很快吸引着村民到山上采摘。沙洲人讲秩序，不会把椿树的芽苞全部摘完，而是会保留一些让其自然生长。即使在秋天来临之前，这树的枝丫一直在向上生长，有些偏老的芽苞还会做成晒干的香椿苗作为干菜。

沙洲农家菜形成了一种瑶汉民族菜系的特色，二者不分彼此，又彼此融合。这里吃香椿，最好是头茬，到后期的芽苞，会有很大变化。无论是厚度，还是色泽和香味，越后期的，芽苞越粗糙，无法以鲜嫩来论。

沙洲的椿芽煎蛋当属于季节珍宝。这些年，城市里生活的人更喜欢这种野生的自然之物。尽管现在北方有很多专业种植户，但椿芽的味道始终与沙洲乡野之中出产的无法比拟。沙洲人的乡土情结尤其在厨艺的技艺上，以本土、本相、本味三样而走心。春来吃椿芽，椿芽煎蛋香如同沙洲铁定的食物，以及沙洲人对于粮食的敬畏。有文道："安民之本，必资于食，安谷则昌，绝谷则危。"当下沙洲人对野菜亦是如此。有了满山遍野的野菜，也是必资于食，食之则安。

椿芽采回来后，首先想到的是煎蛋，剩下的会做成坛子菜，有的会晒干做成干菜。在做坛子菜时，把鲜嫩的茎叶放在盆里，揉至萎蔫后均匀地撒上盐粒，装进小坛子里密封起来，发酵三四天，苦涩味就没有了，只有咸香。发好了，就开始食用。这样腌制香椿，始终保持芳香嫩脆，口味纯正，色泽光鲜。现在更多人先焯水，说可以去除其中的草酸和有害物质。

众人皆爱的椿芽煎蛋做法简单。将洗好的香椿切碎倒进已搅拌好的盛鸡蛋的大瓷碗里，再加盐、胡椒粉一起搅拌均匀，倒进滚烫的油锅里，用铲子摊成一个圆形。煎香椿蛋要做到蛋面焦黄，这样的香气更浓。只要香椿盛开的季节，沙洲村子的上空几乎每餐都飘荡着香椿的味道，老远就让人闻香食味，食欲大开。一盘椿芽煎蛋端上桌，吃上一口，口舌生津，齿颊生香，仿佛把整个春天的滋味吃进肚里了。

有些人家为了增加食物的味道与口感，还会把从滁河捞上来的小河鱼仔一起拌着，煎至金黄就可以出锅。沙洲人流传着一句话："鱼要打甲屁，椿蛋更有味。”大抵就是这样的椿芽鱼煎蛋，比鱼和鸡蛋的味道更有丰富的层次和味蕾。每年春季，沙洲人的椿芽煎蛋成了舌尖上的记忆。

吃香椿芽，不仅味美，而且保健。椿芽含有极其丰富的营养，在蔬菜中名列前茅。据说，它除了含有蛋白质、脂肪、钙、铁、锌等矿物质，还富含胡萝卜素、维生素C等营养物质，具有较高的药用价值。香椿芽具有降血脂、降血糖、健脾开胃、增进食欲，辅助调理肠炎、痢疾，增强身体免疫功能，并且具有抗炎杀菌杀虫的功效。沙洲的农家乐，香椿菜肴吸引顾客的味蕾，让他们尝尝春天的味道、家乡的味道。

文明豆干

豆腐老祖淮南王刘安怎么也没想到，豆腐到了攸县和汝城后，所做的豆干竟然成了地方标志性的非遗食物。前者的攸县香干闻名天下，后者的文明豆干成了沙洲美食界的扛把子。

文明豆干是长方形，切后成丝状，形体修长，外表白里透褐。夹在筷子上，宛如弹簧一样筋道，上下柔软，入口缠绵不绝。过去只有逢年过节才会做文明豆干，临近春节，家家户户都忙着做豆腐，炸麻根，炸堆花。到现在，文明人做豆腐变成了四季常菜，文明豆腐在豆干等制作上，也变成了一道四季菜品。

文明豆干的制作讲究，属于古法技艺。先择新鲜的黄豆，剔除杂质后洗净，用水浸泡数小时，让黄豆泡发透水，之后以石磨磨成浆，滤去豆渣，再下锅煮豆浆，适当加温后，待降到一定温度，与掺入的石膏水搅拌均匀为点膏，待豆浆将要凝固成豆腐脑，再用瓢将豆浆舀到准备好的专用木箱内，轻压并滤干水分，即成新鲜豆腐。新鲜豆腐出炉后，用纱布包成块，用特制的木板轻轻压在上面，大约四个小时后，就可以得到成形的豆腐块，而后将豆腐块用卤水进行卤味，就形成了独特技艺与味道的文明豆干成品。

滁河的水造就了文明豆干独特的味道。文明水库没有建成前，每天滁河的流水从百丈岭一带的山脉上奔腾而下，山泉的流淌带着不腐的微生物，从大山中浩浩荡荡流下，给水质增添了独特的矿物质和微量元素，这恰恰是当地制作豆腐所呈现的独特水质和独特味道。即使有人去文明乡学做豆干，离开这片水土，怎么也做不出这个味道，要么易烂，要么易碎，要么压根儿做不出形状，连颜色和气味都完全不同。

无论在汝城文明乡，还是在沙洲村、文市瑶乡，只要是文明豆干，便有着不同的厨艺表达。其中文市瑶乡的农家乐出品的文明豆干成为沙洲美食中不可多得的一道地方特色菜。一碟文明豆干炒出了色泽鲜艳，红油透亮，口感滑嫩，韧性十足，豆香醇厚，在葱花的点缀下，喜庆明亮。作为一个多年行走美食江湖的人，我对文明豆干的菜品与味道绝对表现出虔诚与敬畏。

这道看似简单，做起来却十分不易的文明豆干，要炒出好水平，自然要掌握其中的奥秘。豆干易炒，美味难求，大抵讲的是厨师的技法娴熟与否、拿捏的火候准不准。沙洲和文市的农家乐喜欢切成条状，先将豆干切成片，放入滚水中焯一下捞出沥干水分，将香葱洗净切段备用。起锅，下油，放少许猪油。将切好的豆干倒入锅中快速爆炒，用手翻腾锅子，使豆干充分吸收热量。快速倒入生抽，放入捣碎的辣椒面，然后不断颠锅翻炒。加入葱花段，加入少许味精和胡椒粉。快速出锅，保持葱花的形状不碎散。

文明豆干堪称上等的植物肉。蛋白质可消化率在90%以上，为豆制品类中较高养分、低脂肪的食物。文明豆干具有养生、降血压、降血脂、降胆固醇的功效，成为沙洲文旅餐饮中的头牌美味之一，是一道乡村振兴与致富的名菜。

藠头三丝

二月的春风从百丈岭刮来，惊动满山遍野的野草和野菜，就连滁河的鱼虾都探出头，感受春天的喜悦。它们趁着早上的露水，张着嘴，仿佛在为春天的沙洲歌唱。野草和野菜自由地生长，它们都是春天的使者。野菜肆意生长也正合沙洲人的心意。它们为沙洲书写着饮食的春天。

藠头，包括野藠头，趁着春天野蛮生长。藠头，又名荞头，不仅是野菜，也是一味药材。在南方，作为食物历史悠久。《食疗本草》就有藠头作为食疗的记载："患寸白虫人，日食七颗，经七日满，其虫尽消作水即瘥。"《新修本草》云："白者补而美，赤者主金疮及风，苦而无味。"《植物名实图考》曰："李时珍以为即山薤，今湖南山中亦有之。山何在，罗愿所诃。" 这里指的是藠头。湘人吃藠头，在《农书》中也有所云。湖湘大地，春天的藠头遍地都是，吃藠头成为湖湘百姓春食珍物之记忆。

沙洲人吃野菜，藠头肯定摆在前位。厥时间长点，笋时间晚点。而藠头从正月后的暖和日子就开始生长了。当霜雪不在土地上匍匐着，地底的温度开始令那些埋藏在地下的野菜种子蠢蠢欲动。日子稍微暖和几天，藠头这些野菜就开始迫不及待地往上冒。藠头的一只嫩白的尖芽探出来，要不了一个晚上，就会长到一两厘米的长度。三五天，一大片藠头茂盛地生长。藠头是群生体，一长就是一大片，尤其地湿的地方更加明显。

藠头只需要用手扯，不需要什么工具，而且根部不深，在地表上很薄的地带。稍微用点力量，藠头就被一把扯出来了。藠头的叶子也可以吃，若是时间长，显得老，特别筋道，嚼不烂，则会被人丢弃。嫩的藠头叶子会被人切碎，煎成蛋饼。然后选取粗的秆子，连着白色的藠头，用来炒菜。

瑶厨食府的一道藠头三丝从冬季炒到春天，炒出了春天的锅气。所谓三丝，冬天无非是瘦肉丝、藠头丝和冬笋丝，春天则是瘦肉丝、藠头丝、豆腐皮丝。不论怎么做，这道菜都显得与时令相融。

比如冬天，藠头的数量并不是非常多。仿佛躲在菜地里，尤其白菜地里，会伴生着藠头。扯回来的藠头洗净，切成长条。再把瘦肉切成丝状，冬笋亦是。大锅起火，放入油，将冬笋倒入锅中炒至半熟，再倒入瘦肉和藠头一起，加少许盐、生抽、味精、辣椒面一起，在锅里翻炒几下。然后出锅，装入盘子。

比如春天，将藠头洗净，切成长条。再把瘦肉和豆腐皮切成丝状。大锅起火，放入油，将藠头倒入锅中炒一会儿，再倒入豆腐丝炒，随后倒入瘦肉一起，加少许盐、生抽、味精、辣椒面一起，翻炒几下即可。

在沙洲，藠头不仅可以做成酸菜，也可以做成甜菜，酸辣苦甜皆是生活的种种滋味。藠头作为春天里蓬勃着旺盛的生命，占尽了天时地利。若说春吃第一香，藠头为头将。长在沙洲土地里的藠头密密麻麻一大片，细细的叶子碧青颀长，是沙洲新时代郁郁葱葱的小清新。

何不趁着春光，到地里走走，提着小篮子，扛着小锄，大人小孩齐上阵去挖藠头。把叶子掐了，把泥巴抖尽，欢欢喜喜地装到小竹篮里。在饭桌上，与春天共品季节的佳肴。

或者，听早上的粥碗边，浸泡的酸藠头或者甜藠头，清脆地咬着，“砰嚓、砰嚓”地响着，那节律亦是食物的律动和诗意的灵动。

NO.40

酸菜炒小笋

在文明水库深处的村子里，滁河沿岸的山头一座连着一座，它们都是百丈岭山脉的姐妹山。每到清明节前，这里山野便生长着大把野生竹子。春雨总是多情的，让许多山野里的生命破土而出。其中野生蔬菜更吸引人。它们野蛮生长，日涨日高，是村子里最受欢迎的野菜。

每逢清明节前后，雨水是沙洲山野中万物的滋润之源。小笋的出场让春雷滚滚、春雨绵绵的日子略带南方的诗情画意，让游客有了许多情愫与寄托。沙洲小笋出产，胜过村野之中任何一种野菜。这里的小笋细长，皮薄，肉质清甜，入口不麻不涩，属于山野之中的上乘山珍，沙洲人在春季也擅长将小笋剥了煮熟，再进行晒干加工。

早上五六点天蒙蒙亮，沙洲人就背着竹篓到山上采摘小笋。越是山野低洼的地方，小笋的出产越多。运气好的人，在一块山坡处就可以采摘一篓子。

有时候还会叫家人送来袋子，一捆捆地装着，挑着回家。回家后，剥完笋壳，要么挑些给邻居分享，要么挑到市场上去买卖。不买卖的，多半趁天晴，煮熟后晾晒，留着做喜酒，或者秋冬时节与腊味搭配。沙洲人吃小笋，有配青椒清炒的，有拍碎与干红辣椒一起干煸的，最多的当属酸菜炒小笋。

出了正月，村子里开始暴晒大叶青。将菜头加工后，留下叶子焯水后，加工成卜菜，干的成梅菜，湿的叫酸菜。酸菜的做法不多，将瓦坛子洗净后风干，里面烧开水冷却，再放盐，下面放一把晒干修剪好的糯米稻草秆，把扎好的梅菜一把把平整地放在稻草秆上。稻草秆的作用是为了使梅菜变酸时不透气，变得腐烂变味。再用石块压着，让其发酵变酸。酸菜的坛子口四季换泉水，保持坛子与外面的空气隔绝。但坛子里的发酵让酸菜的气体不停地冒出来，在坛子口“咕噜咕噜”叫个不停。

待到清明前后，坛子里的酸菜正是最新鲜、最鲜美的时期，只要拿出一把，再过一下清水，漂洗一两遍，切碎成丝状。等小笋一来，剥壳后将小笋拍打几下，使小笋变得更软，更能激发小笋的本原味道。配蒜苗、大蒜头、干红辣椒若干。上述配料皆切成段，备用。

起锅，放菜籽油和猪油各一半，小笋炒至断生，放入碗中。再起锅，放菜籽油，倒入蒜头、酸菜一起爆炒。接下来，加入炒熟的小笋，倒入蒜苗一起，加少许盐、味精，一起爆炒一会儿。出锅，装盘。

酸菜炒小笋讲究的是乡珍与地珍，酸菜开胃，小笋清脆，得天地灵气的小笋绝对是沙洲春节餐桌上备受世人称赞的一道美味佳肴。竹笋富含膳食纤维，能够维持消化系统的健康，同时还能够提供人体所需的微量元素和维生素。而酸菜则是一种发酵食品，含有丰富的乳酸菌，对肠胃健康有着极大益处。酸菜炒小笋有促进肠道蠕动、帮助消化、消除积食、防止便秘的功效，多吃有益，算得上一道健康菜肴。

沙洲人做酸菜炒小笋，经过精心烹饪，使得竹笋的嫩滑和酸菜的酸爽完美地融合在一起，形成了独特的口感。此外，这一菜品的干红椒辣度适中，即使是不喜欢吃辣的人也能够接受。今天的沙洲已经成为五湖四海的游客追逐的好地方，一道酸菜炒小笋让各地的游客享受到沙洲人的热忱，以及沙洲人追求生态与健康的自然之乐。

NO.41 辣椒灰炒油渣

沙洲人吃猪油渣的传统已有千百年的记忆。过去只有杀年猪才有一坛子猪油。煎的油渣用盐浸泡，坛子密封，什么时候想吃，什么时候便端出来。

改革开放前，沙洲人养猪，靠喂猪潲。猪潲由糠、剩饭、红薯叶、杂菜叶、猪草等组合而成，每天孩子们放学回家，要上山下田割猪草。每个村子里都有一两户养母猪的，生的猪仔足月后，给村子里的人捉回家喂养。在沙洲，猪的一生何其有幸，又何其悲悯。一头猪从幼小到长大，经历过脱离母体、离群抱养，再到独自长大。

一头猪若是在大户人家，自然是幸运的，粮食多，残羹多，连猪草都比一般人家要旺盛。若是在穷苦一点的人家，猪的生长期会漫长一点。不管时光如何漫长，猪的一生大部分以一年为限。年初捉猪仔，年尾杀年猪，给孩子们挣学费。当然，母猪一年出栏两次，也有人在夏秋养猪仔。但凡这样的人家，要么孩子多，学费开销重，靠养猪来负担孩子们的学费、新衣。

村子里的人不光是春节杀年猪，也有春插杀猪的、双抢杀猪的、中秋杀猪的、喜庆杀猪的、升学做酒的、房屋建造的等。有节气的日子，生老病死、红喜白事，村子里总是隆重地将杀猪提上议事议程。节日里攒点养日子的钱总比穷得叮当响要好。有了杀猪，必然有煎猪油渣的。

沙洲人吃猪油渣，不论出于养生或者其他原因，脂白如玉的猪油依然是村子里的食用油。连着茶籽油、菜籽油、花生油一起，猪油渣在沙洲的盛行，依旧是湘南饮食中难得的一种记忆。沙洲人喜欢猪油炒饭，每隔一段时日，家里总要炼一次猪油。猪油也是分等级的，上品者板油，挨着肠子的板油次之，再不济的就是肥膘肉。板油出油率高，是沙洲人的最爱。而小孩子最喜欢的则是肥膘肉。煎出来的更香。原因有两个：一是肥膘肉出油最少，自然剩下的残渣也就最多；二是肥膘肉上没剔净的瘦肉要比前两者多上少许。只要煎了肥膘肉，青椒炒猪油渣、辣椒灰炒猪油渣几个相关的菜总是会在一段时期内出现在餐桌上。

无论是煎板油，还是煎肥膘肉，每次将板油或者肥膘肉切成两指宽的方块，在大锅里煎。沙洲的柴火灶火旺，板油入了锅子，开始上下沸腾，不断冒着泡，发出“嗞嗞”的响声。等油慢慢炸干，油渣通体灿黄，直至慢慢发出轻微的响声，就意味着炼油完成了。开始用簸箕捞起放在盆里，烧火的人不忘用手直接拿起往嘴里塞。即便再烫嘴，也迫不及待地将嗞嗞作响的油渣往嘴里塞，“咔嚓”一声，油香四溢的油渣直击人的灵魂深处。

在沙洲，一道油渣一道情。

据说，当年红军到这里行军时，百姓们以这道菜盛情招待。红军来时，沙洲没有出产青椒，只得拿出辣椒灰炒油渣。沙洲人把数得出的家藏菜都拿出来招待红军战士。

当时，用菜籽油烧红，停火。将擂成粉状的干辣椒灰连盐一起下锅，冒出烟立即下猪油渣，配大蒜头若干。加盐、味精少许，一起爆炒一会儿。出锅前，加少许豆豉油，略加点开水煮软，装盘。辣椒灰炒油渣特别软糯，加了水后，油炸不易上火，吃起来辣香有度。

后来，村子里的人把这道菜当作革命精神代代相传。辣椒灰的红不仅代表红军，也代表沙洲人赤诚的心，一道红通通的炒油渣亦是一把精神火炬。

清炒松树菌

春风从再远点的寒山吹到大山岭，沙洲的春天就真正地来到了。在村子后面的猴山、雪公寨，松树也开始泛着嫩芽针。以百丈岭作为群山的首领，沙洲村背靠大山，就有了春天的依靠。

这里长满了松树、枫树、樟树等。大片的松树让村子背后的形状有了更为详细的描述。松树林是丛生的，这种落叶林成片掉落的松针使村子里的土地更加肥沃。夏天，随着雨水的浸润，松针覆盖的土地下面，腐烂的松针开始孕育着丰富的山野微生物，更多有机的发酵使土地变得越来越有机生态，也回报着对土地的厚爱。

到了春季，沙洲村除了野草丛生，各类山野之中的野生菌类开始繁衍生息。一年春回，一年生。松树菌是这一带山区一种常见的食用菌，与松茸、杉菌、松露菌等相似。通常生长在松树、云杉等针叶林中，是一种高蛋白、低脂肪、营养丰富的食用菌。尤其在低洼的山坡上、松树林之中，成片地探出红色的雨伞形状的菌类。每年春天，吃菌子成了沙洲人最幸福的记忆。

听沙洲的老人说，松树之间的间隙为三五米，树与树之间的密度保持着绝对距离，这是对自然与生长的敬意。大地上所有的植物与动物都对时空与距离保持着良好的刻度，亦是对自我生命的敬畏。自然界的物竞天择在任何一片山林间有秩序、有纪律、有序列地分布着。茂盛的蕨类植物在地面已是无人之势，自由生长。正是在这样的环境下，松树菌有了巨大的养育空间。

无论是过去，还是现在，沙洲村人从不放弃对野生食物的追求。他们喜欢“食时度势”，春野之中，总是不忘到山野之巅，到山坡之中，到山谷之下，找寻一切能滋养生活的物质，扯竹笋的，摘蕨菜的，挖地皮菌的，无所不及。

春天，沙洲村的松茸、松菌、松露菌、杉木菌口感鲜美，香气浓郁，菌中之王使得世人喜欢，春天来沙洲，尝鲜食野蔬，品野菌成了当下的潮流。

松树菌采摘回来时，菌子的外衣是白色的。经过简单处理后，焯水，冷却后成了暗黑色。松树菌的表面相对干净，用山泉水洗干净，焯水，再分拣处理一下表面的杂质。用泉水洗一下，晾干水分，备用。

开锅，准备炒松树菌。先下菜籽油和猪油。倒入大蒜头、松树菌一起翻炒，颠锅。翻炒一分钟左右，将切成小段的青椒倒入锅中一起爆炒，两分钟左右，连续抖几下锅子，快速加入盐、味精及少许生抽，出锅。

炒松树菌尽量不加辅料和配菜，免得丢失本原的菌香，保持其独有的菌体香味不受干扰，让菌体的清香得到充分发挥。松树菌炒熟后，通体粉红、滑嫩，时间长了，会自然地散发出汁水。不管怎么吃，一口咬下去，都是通体软糯、绵绵不绝的爽脆感。

大部分沙洲农家餐馆中会有这道食物。只是各家师傅对美食的理解不一，也有掺和其他配菜的。其中最纯正的当属清炒。这是对沙洲春天的一种诠释，以及对生态的美好抒情，连汤汁都堪比燕窝，更富有营养。

NO.43

水煮牛肉

在沙洲乡土美食界，沙洲文市瑶乡的湘顺湾农庄算是后起之秀。尽管开店的时间不久，但凭借较好的出品，很快在沙洲乡村振兴和文旅板块中，在餐饮业占据了一席地位。

农庄的主人非常热情，把他手下的管事人推荐给我，不几日就给我发来很多菜式照片。其中推出的水煮牛肉令人眼前一亮。说实话，这是一道典型的川菜，能做出这般水平，足见后厨师傅的功力深厚。我算一个湘菜迷，不习惯麻辣口味。但水煮牛肉这道菜算是川菜中的上品，对于嗜辣嗜麻一族，对川味麻辣有着莫名的迷恋者来说，不愧为一道心仪菜肴。

后厨师傅说，要做好一道水煮牛肉，必须得拜川菜师傅。他跟的师傅正是一名地地道道的川菜传承人，据说手法极为传统，做法也是一般川菜师傅难以把握的秘诀。

湘顺湾的水煮牛肉，出品确实算是地道的传统麻辣风味。通红油亮的水煮牛肉端上桌，麻辣鲜嫩到极点，凡是尝一口，绝对口味足，边吃边像嘴里着了火，鲜香刺激久久不去，想吃又不敢吃。大胆者，大块夹入口中，边嚼边流着鼻涕大呼“过瘾”，那韵味实在令人把持不住。

师傅说，所谓传统，是指腌肉和调味的手法。在腌肉时，不用蛋清，牛肉片先加盐入味，再倒入足量清水，最后用水淀粉上浆，使牛肉锁住水分，口感鲜香滑嫩。在调味时，选等量的沙洲本土出产干红朝天椒和麻椒，用温油慢慢炸至酥脆，制成碎末，代替单纯的红辣椒撒在做熟的牛肉片上，再用热油一浇，麻辣味道顿时被充分激发出来。

在沙洲，做好一道水煮牛肉不用担心食材，沙洲的本土黄牛算是鲁南黄牛的一种。这里野草丰富，牛肉的肉质自然不比鲁南本土的黄牛差，甚至在肉质纤维上更强于鲁南，富有湘南的乡土气息。

在材料上，选用的主料为牛里脊，一般每份八两左右。牛肉买回来后，冷冻至稍硬，这样切起来更容易。往牛肉上加水是牛肉片滑嫩的关键，稍后用湿淀粉抓匀，湿淀粉遇热糊化，就会包住牛肉里的水分，使牛肉口感嫩滑。辅料则选用豆芽、黄瓜片、魔芋豆腐、大蒜、生姜、干辣椒段。

做法也颇为简单，牛里脊切薄片，越薄越好。随后加入盐，抓匀调味，腌制5分钟。少量多次加入清水，边加边抓匀至水分被牛肉片完全吸收。使牛肉片变得饱满有光泽。然后，加入湿淀粉。再次抓匀，静置15分钟。

锅中起油，加入适量菜籽油和猪油，漏勺中放入干红辣椒和花椒，待油烧至五六成热时，用汤勺将热油不停浇在花椒和辣椒上，至辣椒变成深枣红色、花椒炸酥。再将炸好的辣椒和花椒放在案板上冷却后，切成细末，即成麻辣酥。将洗好的豆芽、黄瓜切段，姜蒜切成末。再起锅，加入一大勺适量炸麻辣酥用的油，爆香一大勺豆瓣酱至出红油。下入豆芽与黄瓜段一起煮熟，保持颜色翠绿，盛出放在盘底。

再次起锅，加入两大勺油，小火爆香两大勺豆瓣酱。加入姜末和一半蒜末，小火煸炒至出红油，加入适量开水、生抽、糖，沸腾后，逐片快速下入牛肉片，煮至变白，快速捞起。连同汤汁一起倒在蔬菜上，并撒上适量麻辣酥、干辣椒段等，再放上葱花。锅中再次烧热油，烧到微微冒烟，浇在蒜末、葱花和麻辣酥上，发出“嗞嗞啦啦”的声音，仿佛对生活的礼赞。

爆炒猪皮

在《长沙药解》中："猪肤，利咽喉而消肿痛，清心肺而除烦满。"《伤寒》中："猪肤汤治少阴病下利咽痛，胸满心烦者，猪肤、白蜜清金而止痛，润燥而除烦，白粉涩滑溏而收泄利也。肺金清凉而司皮毛，猪肤善于清肺，肺气清降，浮火归根，则咽痛与烦满自平也。"

猪皮被当作特殊的美食推出。在沙洲，湘顺湾农庄推出的爆炒猪皮竟是一道看得见的猪皮"阿胶"菜。此菜有滋阴补虚、养血益气之功效。虽然碳水化合物高出一般肉食菜肴的几倍，但受追捧的程度不亚于山珍海味。

湘顺湾农庄，在沙洲红色景区的文市瑶乡中央红军卫戍司令部旧址西北端，这里是县道S205经过处，地处景区的核心区。湘顺湾乡土菜馆对于红色景区的文旅赋能，这样的菜馆亦是一种资源的补充。在文旅和乡村振兴中，需要大量的饮食来满足游客的味蕾。

虽然湘顺湾的菜不能说特别拔尖，却因独特的出品，在沙洲红色文旅餐饮中有了自己的江湖。店里新近推出的爆炒猪皮亦是一道经典名菜。

后厨师傅说，做爆炒猪皮的程序挺多。用凉水把干猪皮洗干净控干水，猪皮和植物油的比例是2 ： 1，六斤晾干的肉皮用三两的菜籽油。把猪皮放进油里，打开火，用微火将油和肉皮烧热，不停地拿筷子翻猪皮，直到肉皮膨胀起来，像油条那样，就可以捞起了。下冷水里反复洗泡，直至肉质松胀，猪皮发白，就可以拿来做菜了。

猪皮切好冷却后，撒上盐腌制。在猪皮中倒入酱油和少许料酒一起腌制。再将配菜即春天的藠头、小笋、酸菜、干豆角拿来。其中藠头切成斜口或者小段，再切几个小红椒、少许洋葱丝一起作为点缀。生姜丝、大蒜头拍成蒜蓉，放少许葱花。

起锅，烧油，将腌制好的猪皮倒入锅中，快速爆炒一分钟，将藠头、小红椒段一起爆炒至断生。将姜丝和蒜蓉一起倒入锅中，加少许盐、生抽、胡椒粉、味精及洋葱丝一起快速爆炒。

爆炒猪皮出锅后，色泽油光，猪皮软糯，用筷子一夹，通体软塌塌的，在筷子中上下弹跃。藠头和洋葱丝的辛辣香完全浸入菜中，其独特的味道令猪皮似乎高尚起来。

这菜一出，喝酒的情绪高潮，一口水酒，一口猪皮，满口都是酒肉香。彼此吆喝着，不用担心彼此悲白发，愁了少年头。猪皮还有养颜、秀发之功效。故而在沙洲民间，吃猪皮的习俗已经有千百年。更有甚者，冬天用猪皮熬汤，吃猪皮冻，猪皮瞬间变成了“阿胶”冻。沙洲女子常年吃猪皮冻，个个脸若桃花，形体之俊美亦是一方水土养一方人的礼赞。

曾有人吃了这道爆炒猪皮菜后，借酒意写下一首打油诗：“春来猪皮香，不炒就熬汤。桃花四季有，更有俏婆娘。”沙洲之美，不光村庄像水墨画，就连饮食都极富诗意。

酸笋大肠

岭南地区的泡酸笋在汝城也十分流行。千百年来，两地交界处，两省间的边民通婚频繁，粤北女子嫁入湖南汝城、宜章一带，将泡酸笋的技术带到了湖南。对于春笋，湖南人更喜欢干晒、鲜吃。除了湘北一带，很少有泡笋的制作技艺。

粤北女子嫁到汝城，依旧保留着家乡的一些传统泡菜技术。渐渐地，在汝城一带等交界县域地区，泡酸笋包含着粤湘文化的兼容，所做出来的酸笋，几年都味道如一，酸脆开胃。

百丈岭的竹子与粤北的竹子品类略有不同。岭南与南岭的竹子在种类上也有些差异。南岭竹子受高山气候的影响，肉质不麻口，味道更甜。

泡酸笋选择大竹子，而不是小笋。尽量在山上挖嫩一点的竹笋，如果太老，泡出来的酸笋会很难嚼。沙洲人泡的竹笋也是选择刚刚拱出地面的竹笋，然后用锄头将其挖出来。在剥笋壳的时候，外皮容易撕开，里面的肉质白嫩，最好留下最上端的嫩尖作为泡酸笋之用，下面的部分用来炒腊肉，也有的全部用来泡酸笋之用。

处理好的竹笋，根部的泥土用刮刀刮，完全去掉泥土。凡是制作泡酸笋的竹笋，不能用带油的盆洗，免得后期容易变臭变腐烂。然后在家里找来干净的玻璃坛子，洗干净后，将其放到一旁，把里面的水分控干，自然晾干。

接下来，把准备好的竹笋切成小块状，在切竹笋的时候，如果竹笋根部太老的话，要全部切掉，只留下竹笋嫩的地方。尽量将竹笋切得小一些，这样能腌得更入味，时间也会更快一些。切好的竹笋冲洗一下，放到一旁控干水分，然后把竹笋全部放入准备好的玻璃坛中，对竹笋进行密封腌制。初夏时节，腌制二十天左右即可。若是一次性吃不完，坛子封坛的泉水要做到及时加水。揭开坛子盖时，不能让盖子上的水掉在坛子里面，以免里面的水沾了氧化物，很快就腐烂变质。凡是通过这样的方法制作出来的酸笋，会保持香、臭、脆三个特点。

要做好一道酸笋大肠不难。从文明市场买回来的新鲜猪大肠可以直接加工。将大肠上面的膏油撕掉，有些大肠上有猪食的残留物，撕掉后可以保持大肠通体干净。接下来，大肠中加一大匙盐搓洗干净，清洗三遍左右，保持绝对的干净后，开始切段。准备好食材，全部改刀备用。准备好配菜，如红辣椒、姜块、蒜头等。

起锅烧热，放油，爆香姜蒜。放入大肠大火快炒，让大肠在锅内实现爆炒。沿锅边蘸撒料酒或者沙洲本土的水酒去腥，然后盛出备用。

再起锅，把蒜苗、辣椒入锅翻炒。放入大肠与酸笋一起合炒，加入适量盐、生抽、红烧酱油、蚝油、胡椒粉、藠头，大火翻炒均匀即可出锅。

酸笋大肠酸酸甜甜，十分开胃。对于食欲不强的人，完全是一道人间美味。每夹一筷子酸笋大肠，都能引发人的口水直咽。盖在饭上，金黄的大肠和酸笋弥漫着独特的酸香味。

在沙洲，酸笋大肠不光是瑶族人喜爱的一道美味，更是民族团结和融合的象征菜。从岭南外嫁过来的女子大部分是汉族女子，可以看出，作为粤港澳地区的后花园，沙洲以美食包容着世间万物。

糖醋排骨

沙洲人吃肉，逢年过节都要杀猪，以示庆贺节日的到来与隆重。无肉不成宴，这样的习俗自古就有。与周边的汉族兄弟一样，对于瑶族民众来说，猪肉代表一个节日、社火、喜事的隆重性。这里建房的、红白喜事的，四时八节都有人杀猪庆贺之。

著名作家梁实秋在一篇美食文章中写道，偶于餐馆进食，忽闻壁板嘭嘭作响，其声清脆，密集如连珠炮，向人打听才知道是邻座食客正在大啖其糖醋排骨。事实上，早年沙洲人吃肉不分部位，除了内脏与猪下水，一刀下去，肥瘦不分，皆为入口之物。而今沙洲因社会的进步，对猪身上的猪肉分门别类地剁成各种肉品供人选择。沙洲人的美食中，一道糖醋排骨成了餐馆的拿手菜，顾客在欣赏这种美味之余，顺嘴把骨头往旁边喷吐，那种大快朵颐的饮食情趣有了快意与逍遥的在场感。

《礼记》中有“毋啮骨”之戒，大概包括啃骨头的举动。《论语》中“割不正不食”“席不正不食”都是对于在桌面上进膳的人而言，不大雅观成了众人追求美食的反向修辞。相对于啃骨头此类的不雅举动，又何尝能引领食客们在饕餮盛宴中快意地抒情。要奔放，自然要放开手脚，方能在品尝美食的过程中，有所得，亦有所失。顾不上形象，吃相如何姑且不管，吃得痛快是现代人追求美食中唯一有效的佐证。

糖醋排骨是糖醋味型中具有代表性的一道大众喜爱的特色传统名菜。它选用新鲜猪排作为主料，肉质鲜嫩，成菜色泽红亮油润。在中国八大菜系中，淮扬菜系怕是这道菜的开山老祖。川湘两地亦是，不仅广为流传，也常用于熘菜。

沙洲人吃糖醋排骨，必然选用本土新鲜猪排作为主料，肉质鲜嫩，成菜色泽红亮油润，口味香脆酸甜，加之与广东毗邻，加上几块菠萝，果蔬与猪排的搭配，成了一道健康开胃的美食。

沙洲湘顺湾农庄的做法又吸取了粤菜之精华，将岭南水果之菠萝直接加入其中，形成了粤菜与湘菜的有效组合。农庄的主事者赖妹子与我交流，简单地将这道菜的做法描述了出来。

选精肋条切成四五厘米长的小段，洗净之后放入冷水中，加入葱段、生姜、料酒。煮到水开浮沫后，捞出。拣出排骨段用温水彻底清洗一遍，将水沥干。沥水后，放在一旁待用。剥十来枚大蒜，既可切成半，也可不切。整颗大蒜看上去更大气，使菜色成品后，保持更为丰满的视觉。

锅里加入菜籽油，保持中火。将飞水过的排骨和蒜粒以及切片的生姜一起投入油中慢炸。在煎炸的过程中，保持好尺度。有嚼劲，就多炸一会儿，直到金黄。较软口感，可炸到半熟。大蒜炸到表面皱皮金黄为止。这个步骤可以防止烧的时候大蒜烂在汤里，保持大蒜的形状。亦可将大蒜后期放入，保持新鲜度。

炸排骨的锅不用洗，盛出多余的油，只留底油，丢入两大块冰糖作为炒糖色之用。糖尽量多一些，这样在调糖醋汁的时候就不用加入额外的糖，尽量让糖色浓稠。然后，保持中小火，炒到糖液表面开始冒出金黄色大泡即可，然后立刻冲入开水终止加热进程。

此刻，加水，没过排骨。再加醋、盐和白胡椒粉。糖和醋的比例约为

1 ∶ 1，醋稍微多一些，在长时间煮制过程中，醋味会挥发一部分，只留下醋的醇香。湖南人喜欢用湘潭加加酱油及香醋。此时，酱油和香醋发挥着巨大作用。

待汤汁快收干，大火烧开后转小火，直到排骨酥软为止。加入菠萝块、辣椒面，转大火收汁，防止锅焦底，持续晃动锅子和抖动掂锅。熬至收汁时，撒上炒香的白芝麻，颠匀出锅即可，一盘红通通、黄金金的糖醋排骨瞬间成为游客酒席上的祝酒词。大块吃肉，大碗喝酒已是沙洲文旅日常中最快乐的事了。

小笋炒蒲菜

清明节后的沙洲百丈岭丛山中，最难得的是漫山遍野的竹丛中冒出的小笋芽尖尖。每逢清明雨后，沙洲村的山冈里便长满了竹笋。这些小竹子具有灵性，像一个宗族，它的根系在村里的土地上肆意生长。一个村子里有了竹子，就有了气节，就有了向上的力量。小竹子在沙洲村的存在意味着一个村庄的发达，像子孙一样，在这里盘根，在这里错综，在这里繁盛。

清明扯笋是沙洲人童年的趣事，更是一个村子里的盛事。沙洲村崇文兴武，村子里考上学堂的人多。考学出来到城里工作的人喜欢怀旧，喜欢在村子里溜达，喜欢在亲人和土地上寻找精神的寄托与救赎。他们生怕离开了沙洲村后，便不再像村里的人，村里的根。所以，春节他们归乡，清明他们归乡，春插他们归乡，双抢他们归乡，中秋他们归乡。他们在城里吃腻了大鱼大肉，偶尔又把大鱼大肉捎给村里的亲人。他们懂得这些鱼肉是可以等换的，如同某种交易，他们会换回更多村里的粮食、稻谷、蔬菜、山里的小竹笋、茶油，还有豆子、鸡鸭，仿佛所有能拿得动的，他们都有可能拿走。

在沙洲村，村子里的人会种菜耕田，自留地里永远有吃不完的蔬菜和水果。他们把多余的、吃不完的蔬菜或者食物通过加工，晒、煮、晾、浸、泡、腌、蒸、煎、榨、擂、炸，所有能派上用场的手艺都会用上。而立春过后，村里的菜园子里生长最旺盛的莫过于大叶青菜了，这菜在南方叫水东芥菜，叶子略小。大叶青绿油油地生长，当长到像一把蒲扇一样大时，最好采摘回家加工制作腌制蒲菜，又叫酸菜。在太阳底下晒痨，水分略干，扎起来，十厘米长短，然后用稻草秆子扎好结，置于瓦坛子里。快放满时，再用稻草扎起来铺几层做封口。再将瓦坛口子朝下，用一个托盘放好泉水，将坛子口密封。每天都要在托盘上更换新鲜的泉水，确保水质的清澈。半个月之后，坛子里会不时发出“咕噜咕噜”的响声，再过半个月，渐渐地，坛子里酸香扑鼻。

等坛子里的蒲菜可以出品，年也过完了。春雨淅淅沥沥在故乡下起来，没完没了的。再过些日子，清明雨殇，家里的日子也渐渐干瘪起来。这时候，村子里的大山开始草木葱茏，竹子也开始自地下使劲地冒出来笋芽。有了竹笋，就有了壮着胆子喊山的人，他们在进入茂密的竹子林时，生怕遇到鬼，遇到野兽，遇到比山神更可怕的奇声怪响，他们摸了摸后脑勺，整了整衣服，仿佛一股冷意直逼心窝子，然后对着丛林深处猛地叫喊着，声音凄厉地划过村庄上空。叫完了几声，他们开始钻进竹林中。竹笋多半生长在阴湿的地带，下坡或者山坎边最多。竹笋的牙尖越粗，笋子的质量越高。在沙洲村，簕竹笋和麻竹笋比较受人欢迎。在百丈岭、文明水库，这些山岗的竹笋味道极其可口。

扯一把蒲菜、一把小笋和三五个酒浮浸泡的红辣椒，把小笋剥了壳，洗净，用刀拍一下，让笋保持软化，再用刀切斜口的，保持一厘米一段。把蒲菜过一下清水并捏干，切成丝状，备用。起锅，放油烧至八成热，下入红椒、五花肉与姜蒜头片，爆出香味后，下入酸菜与竹笋，翻炒均匀。放入盐、鸡粉、高汤（如果没有，可用温水代替），炒匀后放入葱花与生抽，翻炒几下即可出锅。

蒲菜酸香，小笋脆嫩，五花肉又嚼劲十足。此菜一出，便满屋生香，让人垂涎三尺。吃饭，喝粥，都特别开胃。因为食材的高品质，这里的小笋炒蒲菜成了方圆百里的一道春季名菜。其做法平淡、朴素。沙洲餐饮最大的深意在于在有限的生命中，体验无限的自然恩赐与乐趣。

NO.48

沙洲血鸭

秋收后至来年立春，汝城上祝村广袤的田野是空旷的。秋后种了油菜，农户就开始真正农闲起来。临近春节，家家户户准备晒红薯干、磨豆腐、炒花生、炒豆子、炸麻根，唯有养鸭人每天清晨吆喝着，像一支军队在田野上下穿梭。

秋后的田野有余粮，秋收打稻子飞溅在田野脚孔里的稻子、新嫩的稗子草、奔走的禾田虫子、飞蛾及卵虫都是鸭子喜欢啄食的食物。鸭子吃了这些食物，公鸭长膘，母鸭生蛋。养鸭人手里提个篮子，母鸭走到哪里，就会将蛋生到哪里。鸭子们习惯了这种行走的日子，居无定所般地在田野里游荡。

汝城上祝村地域养的鸭子叫麻鸭，羽翼略显黑色，偶尔略带麻白的花点。麻鸭的个头儿小，能长到三四斤。麻鸭是汝城特有的一种蛋品鸭，肉质鲜嫩。也正是此物的品质，造就了汝城血鸭不一般的味道。

友人笑着对我说，没有一只麻鸭能活着离开汝城，足见汝城人对鸭子的狂爱和执着。汝城板鸭是一道广为流传的名菜，不仅是湘菜中的经典菜式，更是汝城地理标志的美味佳肴之一。无板鸭，不成宴。朋友来了，做板鸭；亲戚来了，做板鸭。近年来，沙洲人利用上祝村的麻鸭制作了一道沙洲血鸭，成了沙洲乡土菜系中的新秀。

做这道菜，首先要挑鲜活的嫩麻鸭，宰杀时，将鸭血盛入装有料酒和盐的碗内，快速搅拌至半凝固状。鸭子去毛剖腹切块，再与生姜、红辣椒、蒜瓣一起入油锅爆炒，然后加鲜汤焖至快干，最后将鸭血整个儿淋在鸭块上，边淋边炒，再加料起锅。端上桌前，在血鸭上撒些许葱花，香味扑鼻。一道上等的血鸭必定色美味香、鲜嫩可口。鸭血香滑且清火败毒，鸭肉异常鲜嫩。在汝城人们的餐桌上，可谓四季皆宜。

相传攸县血鸭这道菜与名垂青史的文天祥有关。大宋景炎元年，宋丞相文天祥率师勤王，攸县境内数千壮士群起响应，筑起山寨，抗击元军。文天祥自岭海引兵出攸县，一路捷报频传，为壮士气，升帅旗，饮血酒。无奈当时缺鸡，遂以鸭血代之。当时火头军里有位名叫付德勤的厨师，在为文丞相做菜时有些紧张。他将切碎的鸭子放入锅里后，慌乱中错把没喝完的血酒当成辣酱倒了进去，等发现时已经无法补救，只能小心翼翼地炒着，没想到越炒越香，仔细一看，菜成了糯糊状，整体呈紫红色，尝一尝比往常的味道更鲜美。文丞相尝后也赞不绝口，问道："此为何菜？"付德勤大喜过望，答道："就叫血鸭吧。"从此，攸县血鸭之名流传下来，后来经末代皇帝溥仪的老师朱益藩大力推荐，攸县血鸭上了晚清宫廷的皇家菜谱，血鸭更是名噪一时，世人皆知。

在沙洲餐饮界，有人跑到攸县学艺，将这道血鸭的精髓学会，将汝城麻鸭做成了新菜品。

正好汝城上祝村的麻鸭与攸县的麻鸭同出一个品种，受自然环境影响，汝城的麻鸭肉质更细嫩、嚼劲更足。今天，沙洲血鸭早已成了文旅餐饮中的盘中物。鸭肉细碎、嫩滑，有人甚至连鸭骨都嚼烂入肚。

沙洲血鸭，一道连骨都不用吐的美食，那细嫩之劲让人食罢牵肠挂肚。

沙洲晒肉

沙洲晒肉算是攸县晒肉的升级版。攸县的晒肉色泽暗红，有紫气东来之寓意。而沙洲晒肉则是色泽本原，以米粉的本原色呈现，不掺和其他颜色，使其保持原汁原味的形态。

在我的记忆中，在攸县本土菜系中，晒肉绝对算得上一道标榜式的民间美食。但凡到过攸县的旅人，没吃过晒肉，便不算真正到过攸县。作为湘菜的重要分支，攸县晒肉以传统的手工技法，出现于湘菜馆中。沙洲餐饮人学艺，采用了新的办法，更容易给本土美食的创新提供样板。

攸县晒肉历史悠久，千百年来，这里的农村盛行晒肉。对于土生土长的攸州人来说，这道菜称得上攸县本土最具特色的农家菜系。攸县人精明，善于经商，如同徽商、浙商及南岭中的潮汕人，遍布全国各地。从深圳特区最早的出租车司机到遍布珠三角和长江三角洲的士多店经商者，再到全国各地的陶瓷经销、挖掘机出租，处处能见到攸县人的身影。不管到五湖四海，他们都会带着故乡的晒肉一起去奋斗。

与攸县晒肉一样，沙洲人选用本土自然圈养的土猪，利用传统手工做法，将其自然风干后，用糯米一起炮制，口味极佳。恰是晒肉独特的味道，与沙洲温润的气候融为一体，食之余味十足，唇齿留香。

瑶家乐农庄的老板娘黄红梅给我发来照片，我当即惊喜万分。想不到店中的创新竟然集百家所长，取湘菜中的乡土极品菜系作为创新攻关。师傅说，攸县晒肉的制作方法颇为简单，一定得选用本地带皮五花肉，先用烧红的铁器蜡皮将皮刮干净。将肉切成三指宽、约一指厚大小，用盐腌半个小时。然后用红米粉一起炮制，用自然风风干，再用米糠烟熏一下就制作完成，沙洲人将红米粉改为传统米粉，使其色泽更为接近本原。

黄红梅说，过去攸县人一般选春插前的农闲时节制作这道菜，便于农耕时来了客人添个荤菜碗。若是来了亲人帮手，亦是一碗待客的硬菜，既不失体面，也不用抽空赶集买菜，误了农事。这一民俗手艺成了攸县菜系的一道风景线。如今，沙洲人迎来了全国各地的旅客乃至全球的游客来此行走，以沙洲的猪肉创造出一种新的菜系，取名“沙洲晒肉”。

沙洲晒肉的吃法简单，一为蒸，二为煎炒。前者只需置于蒸笼中蒸15～18分钟即可。出锅时撒上一些葱花，令人食欲大振。后者稍微复杂，却也易于掌握操作技艺。先大火蒸8～10分钟左右，起锅倒入菜籽油，小火把油烧至八成热，下晒肉，煎至两面金黄，起锅。把大蒜籽、小红椒或干红椒切成圆片，锅里少许油烧开，倒入大蒜籽和小红椒，翻炒出香味，撒少许盐，再倒入晒肉翻炒均匀，起锅，装盘。

蒸的晒肉适合老年来客，便于咀嚼。若是岭南来客，普遍喜欢这种做法。而煎炒晒肉则更适合本土的食法。此肉松香酥脆，入口爆油，外面的米粉色泽光亮金黄，又脆爽，一口下去，肥而不腻，煎黄的肉香味和晒肉本身散发出的肉香味足以令人销魂。尤其喜庆日子，一盘晒肉上桌，满桌喜庆有余，那色、香、味都无可挑剔。

如今，沙洲晒肉更是声名在外，瑶家乐农庄的创新让这里的餐饮有了更大的包容和情怀。这也是红色沙洲一种新的传承与创新的体现。

NO.50

擂钵辣椒

端午水一涨，沙洲辣椒苗就开始疯长，辣椒像小指一样，玲珑、光泽地挂满了枝头。沙洲人赶在端午节的前面，摘下一把鲜嫩的辣椒，拿出珍藏的安仁擂辣椒之擂钵，洗涤干净，抖起了辣椒，闹起了端午。

沙洲不远处的安仁县坐落于罗霄山脉西南端。这里的人们爱吃辣，不怕辣，也辣不怕，椒钵抖辣椒是方圆百里难得一见的乡土菜，辣得劲道。安仁人和沙洲人一样，从小到大都有爱吃辣的习性。随着时代的变迁，安仁抖辣椒的美名越来越受到外界人士对地方民俗与美食的探索与追崇。其中好事者还拍成了专题片，向外界广泛宣传。安仁抖辣椒声名大振，食客更是趋之若鹜，不远千里地从四面八方赶到这里品尝。而沙洲餐饮也学会了这道菜。

说起故乡抖辣椒，典故颇多，众说纷纭，又难见大成者给予科学的论证。民间相传中华始祖炎帝神农氏曾到安仁境内“制耒耜奠农工基础，尝百草开医药先河”。自天工开物以来，安仁与汝城一带便流传着生生不息的民间故事。始祖炎帝神农氏遍访湘东南，遍地药香，遍地留下始祖的遗德与淳朴的民风民俗。安仁人借先祖遗德，世代相传采药、交易。有了药，就有了擂钵。安仁盛产陶土，擂钵由制陶老艺人精心加工制作而成。安仁陶土分布于境内各个乡镇，且久负盛名。在安仁，擂钵叫椒钵，据老人们讲，开始时用来研磨草药。

椒钵为圆锥状，上面宽口，下面逐步缩小，平底，内部划成沟状，便于擂制时将食物磨碎。小时候，我见过朴塘村的陶工制钵。将一块搅拌好的陶土放在一个转磨盘上，然后用脚一踩，顺时针转动。陶工用双手在中间一分，不一会儿就出来了碗状，移至木托上后，在棚户下略风干几个小时，陶工开始拿一块刀状的竹片在陶坯内部自上而下划成沟状直线，待风干几天后，开始放于陶窑里烧制几天。出窑后，椒钵很抢手，无论是挑到集市，还是在乡村，很快就销售一空。

抖辣椒是安仁人的家常菜，一日三餐，吃不离口，桌无不欢。这道菜的做法极为简单，器具必须专用。没有椒钵，便无法成大统。从菜园里摘菜回来，就生柴火捞米煮饭。选一把青辣椒或者红辣椒洗干净，然后在火膛里扒出一些炭火，然后将辣椒用炭火覆盖煨熟，三五分钟后，就能闻到椒熟的香气，其中略带焦味。然后用铁火钳将其扒出来，再用手拍拍上面的灰尘，然后放置于椒钵中，略加点盐，开始用擂杆抖碎。待辣椒成碎片后，再加适量精盐、猪油、豆油，将辣椒抖烂，搅拌均匀，撒上葱末，即可食用。后来，随着时代发展，柴火灶越来越少，改用锅灶清煮或者油焖。视辣椒熟度置锅中三五分钟，至八成熟或者全熟，再抖碎，搅拌加作料而成。无论是蒸，还是煨、油焖，只要手法地道，口味略有差异。再佐以辣椒抖茄子、辣椒抖豆角，等等，口感各不相同。而煨是最古老的制作方法，带有烟火的味道，正所谓吃安仁抖辣椒，食人间烟火。这种神来之名不言而喻。

近年来，安仁菜传遍郴州和全国。各家厨艺有所不同，吃的花样就变得多了起来。如加姜加蒜，加皮蛋、农家土猪肉，煎泥鳅鳝鱼或者鱼块等。沙洲人学会的擂辣椒有皮蛋擂辣椒等。

殊不知，擂辣椒还有奇效。若是夏天吃，有增进食欲、祛暑散热、开胃下饭之功效；若是冬天吃，亦是一道驱寒御冷之良方。安仁人“午无抖辣椒不饱，晚无抖辣椒不安”的习俗更说明这道菜能预防疾病、促进健康，并且寓意着生活红红火火、吉祥美好。

沙洲禾花鱼

沙洲地处南岭分界线，山势最高可达千米，虽然处于湘南之南，但山区的气候与湘北无异，即使是夏天，山中泉水仍然冰凉。距沙洲不远的苏仙区菜岭地处良田镇内，是郴州有名的禾花鱼之乡。这里养殖的禾花鱼在清代乾隆盛世是宫廷贡品，与桂林禾花鱼、靖州山区禾花鱼如同三驾马车而闻名于世。郴州菜岭禾花鱼则以高山冷水养殖，成就了独特的风味。每到稻谷变黄时，也就是禾花鱼上市的时候。

菜岭养禾花鱼的历史由来已久。过去，由于生活困难，菜岭人将禾花鱼烘干留着自己吃，很少拿到市场上去卖。近年来，通过政府的积极引导，农民的思想观念逐渐转变，品牌意识极大增强，菜岭禾花鱼迅速走俏市场，成为湘菜，尤其是郴州这座湘南要塞的饕餮盛宴中的一道名菜。近年来，菜岭禾花鱼养殖技术引进沙洲后，得到了迅速发展。

禾花鱼，实际上叫鲤鱼。它在冷水中吃着禾花长大，用手摸起来光滑细腻，可煎可煮，香甜可口，回味无穷，是沙洲餐饮人招待贵宾的拿手菜。

原料选用沙洲禾花鱼三斤、青红椒二两，配料选用盐适量、本土茶籽油、姜块若干、大蒜头三五瓣、葱花少许。

做法如下：左手握成拳状，牢牢扣住一条禾花鱼的首尾，露出鱼腹，右手拿着一根竹签，迅速从左侧鱼鳃下方半寸处扎进去，划一道1厘米左右的口子，一颗黄绿色的鱼胆便被挤了出来，竹签稍加抖动，苦胆分离，这条鱼就算处理完毕；起锅，用茶籽油煎至两面金黄色；再起锅，倒入茶籽油，烧至八成热，先下姜块去泥腥味，倒入禾花鱼翻炒三分钟，略加点鸡汤；加入青红椒，一起焖煮一分钟左右；下大蒜头、盐少许、鸡精少许、生抽少许、胡椒粉少许、麻油几滴；出锅，装大盆或者瓦汤盆，撒上葱花。

禾花鱼的吃法很讲究，常见的有鲜吃和干吃两种。顾名思义，鲜吃就是从田里捕捉回来直接煮着吃，作料多半是故乡特有的白辣椒或者青椒和米酒醋，加汤煮成，特色是口味鲜美。干吃的做法很复杂，最基本的工序有：剖肚（清除内脏）—盐腌（8小时以上）—油煎（分为猪油煎和茶油煎两种风味）—烘烤（分炭火烤和柴火烤）—贮藏（放在装有生石灰的坛子里防霉）。在上述几道工序中，最讲究的是“油煎”这个环节，不让禾花鱼身首分家才算上等手工。

禾花鱼有多种做法，但大多离不开油煎这一步。煎鱼最好用茶籽油，去腥增香，小火慢慢煎至两面金黄即可。禾花鱼与芋盒一起焖煮是菜岭人祖祖辈辈流传下来的绝佳搭配，沙洲人也学会了这一招。芋盒浸润了禾花鱼鲜甜的汤汁，轻轻一咬，独特的口味在嘴巴里整个膨胀开来，无疑是重口味湘南人的最爱。此外，禾花鱼还能与腊肉一起蒸，越是土猪老腊肉越是好吃。蒸的时候，腊肉浓郁的柴火香与禾花鱼的鲜香相互融合渗透，两种地道的美味碰撞出了新的火花。禾花鱼还能裹米粉、炖汤，等等，不同的做法会呈现截然不同的口味。

沙洲推出禾花鱼后，秋后的菜品异常丰富。瑶家乐农庄的禾花鱼深受客人们喜欢。沙洲的禾花鱼用冷山泉养殖，鱼肉之嫩、味道之鲜早已在食客中产生了良好的口碑。

剁椒芋头

沙洲的水土之美已经在无数文字中出现。这里以丘陵地带为主，山多地广，物产丰富。相传这片广袤的土地是华夏农耕文明的起源地之一。这里盛产水稻、大豆、玉米，以及丰富的果蔬。芋头作为沙洲农村生活的必需品，常年生长在田野黄土之中，有着极强的生命力。

芋头是块茎植物，常作一年生作物栽培。叶片呈盾形，叶柄长而肥大，绿色或紫红色；植株基部形成短缩茎，逐渐累积养分肥大成肉质球茎，称为芋头。其形状主要以球形、卵形、椭圆形或块状等为主。母芋每节有一个腋芽，但以中下部节位的腋芽活动力最强，发生第一次分蘖，形成小的球茎，称为子芋，可以不断地生长。芋头喜高温湿润，不耐旱，较耐阴，并具有水生植物的特性，水田或旱地均可栽培。湘南属于亚热带地区，气候宜人，非常适合芋头的种植。尤其湘南人的菜地多会选择在水塘、水渠的边上，利于浇灌。

在沙洲，芋头的做法极多，其中最拿手的莫过于米汤滚芋头、辣椒灰滚芋头，这些传统的烹饪技法成为湘南人的一缕心头乡愁。米汤滚芋头主要表现在安仁、永兴、桂阳县、汝城一带，而邻近的株洲茶陵县、炎陵县、攸县等地也盛行这一做法。主要把芋头剥皮，然后放在捞米粥中烫熟，烧红猪油，把辣椒灰（辣椒面）撒在芋头上，然后把盐、鸡精、葱花一起淋上猛火滚烫的油，冒出嗞嗞的微烟。然后舀上一勺滚烫的米粥，搅拌而成。

在湘菜中，以剁椒蒸芋头为名，最为受人喜欢。在蒸芋头的手法上，讲究时间把控。不能蒸太久，不然剥皮后会不成形，用筷子插时，有点硬心时关火。如果剁椒含姜蒜，可以不用再炒；如果不含，则将剁椒和姜蒜末炒一炒，这样蒸出来的味道更香。芋头来自泥土，富含泥土的清香，满满一口咬下去，连胃都显得接地气。

原料选用沙洲毛芋头500克、剁椒100克，配料选用姜米、蒜米各10克，鸡精少许，红油15克。

做法如下：毛芋头去皮，用模具扣成球状，入水浸漂。红油入锅烧热，下入姜米、蒜米、剁椒稍炒。调入味精，倒入芋头拌匀，盛入容器中，入笼大火蒸15分钟即可；喜欢吃茶油的可撒点葱花，再烧红茶油淋在蒸熟的芋头上。

在沙洲，芋头作为农家菜系中的朴素者，一直低调而又坚韧地储藏在地窖中。在没有新鲜蔬菜的冬天，它成了农家人饱腹、充饥的上品。老家每家每户都有地窖，有地窖的地方就有芋头。这货适宜在恒温10摄氏度左右的地方长期保存，且不溃烂变质，一旦时令节气一到，就会发芽。

芋头的制作方法之多，不胜枚举，可蒸，可煮，可煨，可炸。尤其农闲时节，冬夜漫长，一家人围炉夜话，柴火炭火熊熊燃起。会生活的住家婆娘会从地窖里拿出些芋头、红薯，一起煨熟，和家人一起分享；或者炒点花生豆子，端上酿好的上等糯米酒，一边微醺，一边闲扯，生活的既视感油然而生。

芋头性甘辛、有小毒、性平，归肠、胃经，具有益胃、消肿止痛、宽肠、解毒、补中益肝肾、散结、调节中气、化痰、通便、益胃健脾、添精益髓等功效。

在沙洲餐饮中，越是乡土的，反而越受欢迎。大抵是对生态的厚望，这里生态优美，环境秀美，再吃上生态的食物，心情自然舒畅。很多人城市人也是洗脚上岸不久，对故土的依恋往往体现在对乡土食物的追求上，仿佛吃上一口，就能返璞归真，寻找那份久违的记忆，才能吃出寻味乡里的故土情结。

NO.53

红辣椒炒鸡蛋

在沙洲村，家家户户养鸡养鸭，养猪养狗，这成了农村生活的日常。一个村庄里，但凡有了鸡鸣狗叫，日子就有了生机。在人畜共生的村庄里，鸡鸭成群，猪狗横行，使得一个村庄里有了更为生动的叙述。

每天早上，东边的山头刚刚扯出白肚，天就很快亮了。在日头爬上山岗的清晨，雄鸡打鸣，催促着早起的人们下地耕田。鸡鸣声宛如一个村庄的闹钟，把那些睡梦中的人催醒，让农事在村庄里有了时间的更替和秩序的排列。小时候，这样的湘南农村生活场景历历在目。每天帮助父母养鸡养鸭，喂猪，除此之外，农村中更大的事务莫过于下地种田，做菜浇园。每天下午，鸡在夜色降临的时分入鸡圈，主人家会赶在鸡群入圈的时候，清理一下鸡圈，把当天下的蛋收好，藏在米缸里。

沙洲村也是，村子里的人养鸡，不是至亲做客家中，不到万不得已不会宰杀。平日里靠母鸡下蛋，一来改善生活，二来应急，三来手头紧的时候换补家用。一旦有了亲人到家，当家的女人会再拿出几个鸡蛋，炒上一碗红辣椒炒鸡蛋，也算是有了一个像模像样的主菜。除非赶上圩场日，家里正好到圩场砍了肉，买了鱼。每每这种机动性的待客，家里唯一拿得出手的莫过于鸡蛋。煎荷包蛋、红辣椒炒蛋、清水煮跌水蛋，这些都是村子里颇具隆重的菜式。到了辣椒当季，会偶尔摘点青椒、红辣椒炒鸡蛋。这不亚于一场盛典，在乡下，这日子如同打牙祭。

农家散养的土鸡，公母混养，母鸡所产的鸡蛋多为受精蛋。因此，乡下土鸡生的蛋除了个小，煎出来的蛋黄比机械化饲养的鸡蛋要金黄。机械化饲养的蛋黄色泽泛白，没有金黄的色泽，且味道略显单薄，甚至带有腥味。

拿沙洲土鸡蛋3～5个，选用红辣椒（有时用青椒）7～8个、盐少许、生抽少许、蒜头三五瓣、葱花少许（冬季多为蒜苗）、麻油少许、腊八豆少许。

沙洲红辣椒炒鸡蛋的做法既日常，又简单。红辣椒切丝，葱或蒜切末；把鸡蛋在碗里搅匀备用；油锅烧热，下鸡蛋炒成块状蛋花，装入碗中备用；锅中加少许油，放蒜末爆香，再放入辣椒丝爆炒三五下；快断生的时候，把鸡蛋倒入一起爆炒；把腊八豆、葱花或者蒜苗倒入一起爆炒三五下；加入麻油、鸡精少许，翻炒几下即可出锅。

红辣椒炒鸡蛋看似一道最朴实的菜，要炒好，味香口感又韧劲十足却十分难。除了师傅的厨艺拿捏有度外，对火候也有着极其重要的把控。火候不到，要么鸡蛋松松软软，不筋道，要么就会焦煳，味道反而略微苦涩。

湘南人坦诚，做人待客莫过于此。一碗红辣椒炒鸡蛋是乡下人的待客之道，也是乡下人的盛情厚谊。过去的农耕岁月中，一碗红辣椒炒鸡蛋能吃出幸福和满足。今天，在沙洲所有菜馆中寻味这道菜，寻的是一种情怀，里面蕴含着母爱和浓浓的思乡之情。

沙洲人从来不吝啬，即便在最艰苦的岁月中，也会把家养的鸡鸭鹅留下一点，以备有客人来，做一道美味佳肴。当“半条被子”的故事流传下来，他们却用满满的一碗红辣椒炒鸡蛋表达了对沙洲人最淳朴的爱与敬意。

NO.54

茶油煎豆腐煮鱼

在汝城，各个乡镇之间盛传着赶集。一般乡镇交替进行，交易颇为频繁。有的地方按农历日子的尾数取日子，分三六九、一四七、二五八，也有按照公历的周日进行，分一三五、二四六进行。不论怎样，集市上除了摆摊设点的、卖衣服的、卖农具的、卖木器的，最繁华的莫过于菜市。文明圩场上的菜市是赶集日子里最繁华的，荤区、素区、干货区、腌制区、烧腊区，生意之火，人气之旺，是城市难得一见的。菜市最接地气，周边的农户把自家菜地里多余的蔬菜、瓜果，还有干菜拿到集市上买卖，挣点家用，补贴生活。

沙洲人喜欢赶集，图热闹，能消磨农闲时光。有时，到集市上找几个好友到酒铺，喝碗纯正的麸子酒，大碗盛一碗麸子酒，足以让人喝得酣畅淋漓。每当这时，酒家会端上麸子酒浸泡的辣椒、豆角、蒜头、藠头作为下酒菜。有酒铺的老板娘善厨，会按照酒客要求，买来一条草鱼、几两油豆腐，现场做一碗新鲜的煎豆腐煮鱼。酒客酒足饭饱，才肯回家。沙洲离文明圩场近，滁河对岸就是乡里的所在地，骑车、走路不过几分钟的路程。

沙洲煎豆腐煮鱼别有一番风味，文明的油豆腐和鱼的搭配不但营养丰富，而且色泽金黄喜庆，无论是宴客还是家常菜，都非常受欢迎。煎豆腐煮鱼的秘诀在于使用本地的茶籽油，味道清香，入口甘醇，煎豆腐入汁后，颗颗饱满，鱼汤如乳，顺滑细腻。再加点本土产的青椒，更是入味三分。在这里，一碗煎豆腐煮鱼能让人记得住乡愁，留得住乡思。

取文明水库的草鱼一条，有三斤左右，油豆腐三两左右，配料采用姜片二十克、新鲜青椒两颗、蒜头三五颗切片、葱段十克、胡椒粉五克、一匙麸子酒。

做法如下：鱼开肚去内脏，刮净鱼鳞，斩成大块并用四分之一小匙盐、一匙麸子酒腌制十分钟；青红椒切片，葱花切段，姜切块备用；锅内放入四大匙茶籽油，放入姜片烧至锅热，具有去腥作用；将鱼块放入锅内转小火慢煎，待表皮呈黄色，再小心地翻转煎另一面，翻炒三四次即可；锅中注入清水，水量刚没过鱼块；大火烧开后，转中小火加盖慢慢焖煮至汤色转白。最后放入青红椒、油豆腐、生抽、盐继续小火煮，直至油豆腐煮至微软的程度，撒上少量白胡椒粉、葱花即可起锅。

油豆腐煮鱼，清冽的茶籽油能诠释家乡的味道。沙洲油豆腐煮鱼的做法看似简单，实则蕴含着复杂的制作技艺。文明的油豆腐既有弹性又有嚼劲，一按下去定会弹起来。红椒、青椒选本土够辣的才够味，不能吃辣的外地客人可以叫店家少放点。草鱼讲究鲜，宰杀后不能超过半小时，否则鱼肉散烂，失去本原的味道。茶籽油一定要注意火候，不能将鱼煎老，避免鱼块散化。

湘南老辈人有句俗话，叫“辣椒打个屁，鱼汤都有味”，就是讲究食物的相生相克。在饮食链的顶端，食材也注重“五行”相合，这也是烹饪的秘诀。乡土菜系的特色在于食材取自本土，才有地缘优势。沙洲餐饮的烹饪技艺，做这道菜是跟安仁乡土菜馆学习借鉴来的，技法并不高明，是以本土大众厨娘的制作方法。如果食客寻味的根源，也许在此能寻找到妈妈的味道呢。

茶油煮豆腐鱼，一股清冽的鱼香在唇齿间留下一道印记。当咬下去油豆腐，饱满的汁水让鱼肉的鲜香直沁心田，那种难以言表的满足感瞬间爆棚。如今，沙洲人做这道菜已成为经典。

金汤肥牛

在沙洲农耕记忆中，黄牛是乡下人最朴实的朋友。作为农业生产曾经的主力，黄牛一直发挥着巨大的农业耕种的作用。随着农业机械化时代的来临，黄牛的命运开始发生了转变。由传统的农耕文明过渡到现代农业文明，耕牛逐渐失去了应有的劳动价值。恰恰是这样，黄牛养殖成了沙洲乡村致富与振兴的新路子。近年来，规模化饲养黄牛将黄牛作为食物链的高端模式输送，吃黄牛肉已经成了一种饮食消费常态。

黄牛被毛以黄色为最多，品种可能因此而得名，但也有红棕色和黑色等。头部略粗重，角形不一，角根圆形。体质粗壮，结构紧凑，肌肉发达，四肢强健，蹄质坚实。其在中国的饲养头数在大家畜中或牛类中均居首位，饲养地区几乎遍布全国。在湘南地区，以山区饲养为主，这些地方的黄牛饲养成了地方农业经济的一道亮丽风景。

沙洲黄牛是湘南地区优秀的肉牛品种。黄牛适应能力强，耐粗饲，放牧性能好，在炎热季节不惧日光照射，不怕酷热，正常采食、放牧和反刍。在寒冷季节，不畏严寒，不惧大风，一如既往地采食牧草的残根枯枝。正是由于沙洲土地肥沃，随处放牧就能复膘体壮。黄牛不仅有较强的抗病能力，而且对不少疾病有特殊的抵抗力。

黄牛养殖场选在百丈岭、文明水库下游等地。这些地方山高险峻，丘陵交错，田野内野草茂盛，水源优质，加之光照充足，十分适宜黄牛的规模化生产。近年来，沙洲黄牛肉因品质高，在市场上风靡一时，引来各地的餐饮企业趋之若鹜。

做金汤肥牛，原料选用沙洲肥牛肉一斤左右、配料采用金针菇二百五十克、南瓜泥二百克、辣椒酱十克、葱若干、姜块若干、红辣椒二十克、白糖五克、盐少许。

瑶家乐农庄的做法如下：金针菇去根后用清水浸泡一小时，葱、姜切片，干红辣椒切圈；将金针菇在煮沸的盐水中焯一下，然后盛入碗里；将肥牛放入沸水中涮至变色，然后捞出备用；锅中倒油加热，用葱、姜爆香，调入辣椒酱和南瓜泥，炒匀；倒入涮肥牛的汤汁，大火烧开后，捞出葱、姜；调入适量的白糖和盐，下入涮过的肥牛，炖煮两分钟后，连汤一起倒入盛有金针菇的碗里，撒上辣椒圈和葱花即可。

有人说，沙洲金汤肥牛是一道入门级别的大菜，酸辣爽口，非常开胃，因而许多餐厅都把它定为特色菜。酸爽辛辣的金汤、清爽不腻的肥牛、饱吸了汤汁的金针菇，吃一次绝对还想下一次。做这道菜的厨艺也并不难。作为居家菜，也非常易于制作。

沙洲农村里的南瓜片品质好，肉质粉甜，尤其韩山村等地的南瓜种植相当出名。以南瓜来做汤底，与黄牛搭配，荤素两相宜，不仅颜色漂亮，而且不抢味，称为金汤。南瓜泥的色泽金黄，汤色更是诱人。加之南瓜金汤的自然甜味，与黄牛的巧妙组合，亦是一道自然天成之作。

当下，沙洲美食绝对可以代表郴州菜系，作为一种新乡土菜系来定义。这里的菜系以包容、创新作为底色，成为沙洲乡土菜系中引以为荣的技法与制作方式。

沙洲啫啫鸡煲

沙洲的山水与岭南地区一脉相承，受地域影响，这里饲养的鸡鸭鹅品种尤其出色。其中以麻鸭为主的汝城板鸭已经成为湘南地区有名的乡土非遗物品。除了本土的食材，沙洲餐饮人如何利用好其他食料并为岭南游客搭建餐饮的结构，也是一门学问。

沙洲村火了以后，这座古老的村庄正经历着巨大改变。由农业转变到文旅已经成为新型农村与文旅的形态。如今，这里成了一座绝佳的红色景点，生态之好，引来了商贾在此经营、旅游、康养，竟然使这块弹丸之地有了足够的气场和人脉。

沙洲妹子黄红梅作为外嫁女，回乡创业，可以说是乡贤返乡，对于这样的人，沙洲村是欢迎和尊敬的。早年黄红梅在资兴东江湖经营餐饮，得知故乡开发后，毅然决然地回到故乡，开了一家餐馆，生意非常火爆。

单说瑶家乐农庄的菜品，确有自己的风格。食客追逐的还是食物的本身出处，比如鸡鸭、纯粹的沙洲走地鸡。农庄前庭后院绿树成荫，后院还开辟了很大的种植庄园。除了蔬菜，还有菜园、果园。果蔬的叶子不仅四季常青，而且生长不停。还有枇杷、柰李等，成了散养鸡鸭鹅的绝美地带。

但凡果木丛生，四季生长，必有好鸡好鸭，对于鹅鸭这样的水上动物，滁河的水更是一种天助之物。沙洲人要抓住游客的味蕾，就必须以乡土食材来引领潮流趋势。近年来，瑶家乐农庄开发的啫啫鸡煲与粤菜如出一辙。

选用本土走地鸡一只，三斤左右，配料选用粗海盐适量、花生油少许、姜块半斤、香菇二两、芹菜两棵、洋葱半棵、青红辣椒两颗。

瑶家乐农庄的做法如下：鸡斩小块，放少许生抽、鸡精、料酒入味十分钟；烧热砂锅，用筷子辅助炒出香味；放入鸡块、姜片和香菇，尽量铺平不要重叠，先不忙着翻炒；盖锅盖焗两三分钟；开锅用筷子翻面，铺平再盖锅盖两三分钟（开始汁液多时要用大火焗）；中途绕一圈酒以增香气；如是重复翻面数次，待汁液快收干时，改用中慢火，同时加入适量的生抽和糖做最后的调味，拌炒均匀；最后放入芹菜段、香菜、洋葱，加盖两分钟。

虽然啫啫鸡煲中的鸡肉鲜美，但几乎没有营养。鸡的营养物质大部分为蛋白质和脂肪，吃多了会导致身体肥胖。鸡肉中欠缺钙、铁、胡萝卜素、硫胺素、核黄素、烟酸以及各种维生素和粗纤维，长期食用易导致身体亚健康。营养学家指出，由于人们一天中会食用各种食物，平均起来，鸡肉中的胆固醇含量最高。

沙洲啫啫鸡煲分母鸡和扇鸡两味，前者肉质细嫩，后者肉质厚重。从杀鸡到焖制，时长半小时左右。无论哪种，在笔者看来，吃啫啫鸡煲的意义在于享受美味的过程。啫啫鸡煲属于焖制，鸡肉味道醇厚，肉质香绵，鸡皮带有焦质感，尤为滑嫩，加之料酒的作用，赋予了一种新的食物口感。在高温的焖制下，鸡油自然渗出，使得鸡肉通体透亮，绵密入味。加之洋葱、芹菜、青红辣椒汇集一起，素荤之间唯美的搭配越发显得食物链组合所产生的魅力弥足珍贵。

沙洲有美食，一口一口品尝的不再是简单的菜肴，而是沙洲乡土立体的、复合的乡村振兴景象，那种记忆令来者难忘，离开后还念叨着。

攸县香干

攸县香干是湖南省著名的特色传统豆制品，发源于湖南省攸县境内，于2000年后被引入湘菜菜谱，并迅速发展，现随湘菜而闻名全国，远销广东、福建、海南、北京、上海等全国各地。攸县香干具有锅香浓、口感滑嫩、韧性足、口味纯等优点，是一道老少适宜的地方特色家常菜。

相传西汉高祖刘邦之孙刘安于公元前164年被封为淮南王，都邑设于寿春（今安徽寿县城关），名扬古今的八公山正在寿春城边。刘安雅好道学，欲求长生不老之术，不惜重金广招方术之士，其中较为出名的有苏非、李尚、田由、雷波、伍波、晋昌、毛被、左昊八人，号称“八公”。刘安由八公相伴，登北山而造炉，炼仙丹以求寿。他们取山中“珍珠”“大泉”“马跑”三泉清冽之水磨制豆汁，又以豆汁培育丹苗，不料炼丹不成，豆汁与盐卤化合成一种芳香诱人、白白嫩嫩的东西。当地胆大农夫取而食之，竟然美味可口，于是取名“豆腐”。从此北山更名“八公山”，刘安也于无意中成为豆腐的祖宗。

西汉时期，楚人在淮南生活者众，遂学会了制作豆腐的技艺，两湖人种植大豆，吃豆腐，逐渐成了长江沿岸老百姓的家常菜和宴席中的主菜。湖南株洲市及衡阳市境内山丘遍布，洣水、宜阳河、永乐江、便江、衡水汇集湘江，沿河一带视为平原地带，十分适合大豆的种植，豆制品也成了当地酒宴及家常菜必备菜肴之一。汝城文明的豆腐亦是汝城的一张名片。但在攸县香干的制作上，依旧保持着以引进为主的原则。作为沙洲餐饮中的新派，攸县香干又有新的起点。沙洲攸县香干香甜的爆汁，穿透人的味蕾。

原料选用攸县香干五百克、配料选用蒜瓣二十克、干红椒二十克、西芹五十克、猪腿瘦肉一百克、姜丝十克、蒜叶段若干。

做法如下：将攸县香干洗净，沥干，斜着切片；西芹洗净，撕去老筋，斜切细丝，开水后焯水捞起；瘦肉洗净沥干，切细丝，用盐、水淀粉、胡椒粉、米酒腌制片刻；油锅烧热，放蒜瓣、干红椒（亦可以用青红椒代替）、姜丝，滑入瘦肉炒散，待肉变色，铲起装盘；剩余的油炒香干，加入少许盐，抄一抄；加入少许水焖一焖，待香干入味，加入瘦肉、少许酱油，略炒几下；最后加芹菜，大火颠一颠即可；装盘前，把蒜叶段加入，翻炒三五下即可出锅。

攸县香干作为一道家常菜，时常出入平常百姓家庭的餐桌上，但更多在湖南民间红白起灶的宴席上出现。一来显示湖南人对攸县香干的喜爱，二来这道菜的受众更为百姓化。一道菜品，不论食材高贵还是普通，能被百姓大众喜爱就是一道好菜。攸县香干软滑，咀嚼起来有滋有味，若与回锅肉搭配，更是香绵入味，筋道软滑，余香不绝。沙洲的红椒炒香干，厨师的技艺之高，令人折服。此外，以香干回锅肉为主打的炒法也是可赞可点。

攸县香干营养丰富，有“植物肉”之称，其蛋白质可消化率在90%以上，比豆浆以外其他豆制品高，故受到普遍欢迎，攸县香干含有高蛋白、低脂肪，是典型的养生食品，具有降血压、降血脂、降胆固醇的功效，是生熟皆可、老幼皆宜、养性摄生、益寿延年的美食佳品。

沙洲的攸县香干将湘菜的传承发挥到了极致。

香辣东江鱼

东江坐落于湖南省郴州市资兴市内，属耒水上游，先后汇集5千米以上河流11条，5千米以下河流95条。东江流域以盛产鲤鱼、鲫鱼、鲢鱼、鳜鱼、青鱼、草鱼等东江鱼而闻名。东江湖有24万亩水面、81.2亿立方米蓄水量，经国家权威机构检测，水质有106项指标达到了国家一级饮用水标准，是淡水鱼类养殖的天然理想场所。湖中所产鱼类富含多种氨基酸和蛋白质，肉质细腻，色艳味美，堪称有机鱼典范和绿色食品，被称为国家地理标志食品。

东江鱼的品质特点是肉质鲜香，软硬适度，味道适口。以东江湖和东江流域范围内的鲜活翘嘴红鲌或鲢鱼为原料，经传统的湘南食品加工方法，结合现代食品加工工艺制作出来的东江鱼制品肉质鲜香，组织致密易撕裂，软硬适度，无泥腥味，有嚼劲，香辣咸淡的做法均适口，成功开辟了中国用淡水鱼制作休闲鱼制品之先河，被称为“东江鱼”。

东江鱼以柴火焙、茶油焙几种方式为主，宰杀、腌制、烘焙、切块，制作加工而成菜肴。

东江湖周围森林环绕，水质清冽，水体温、光、热适度，非常适合鱼类生长发育。由于大水体热容大，东江鱼类的年生长期比一般水域多一个月以上。无污染的深湖水，加上丰富的天然饵料，堪称鱼之天堂。资兴人民素来喜好吃鱼，清末时期，《兴宁县志》记录在全境范围内许多（山）水塘饲养四大家鱼。东江鱼产地范围为湖南省资兴市东江湖和东江湖库区周边的兴宁镇、黄草镇等全流域。与沙洲也不过一山之隔。瑶家乐农庄的老板娘黄红梅从东江湖到沙洲后，这道菜依旧是店里一道压轴菜。

选取东江鱼半斤、青红椒三两、本土茶籽油、姜块若干、大蒜头三五瓣、葱花少许。

在做这道菜时，将东江鱼放置在不超过200摄氏度的山茶油中炸香，直至鱼的表皮变为金黄色，有浓郁的香味炸出，再出锅滤油；切好的青红辣椒，斜口的最佳；备好姜块若干、大蒜头三五瓣、葱花少许；下油，爆炒青红椒，爆香后，加入炸香的东江鱼，翻炒一两分钟；下大蒜头、盐少许、鸡精少许、少许生抽、胡椒粉少许；出锅，装盘，撒上葱花。

香辣东江鱼的做法很简单，常见的有整条爆炒、香煎和手撕爆炒几种。整条爆炒选个体较小的东江鱼，通常叫作东江鱼仔；香煎选个体较大的，起码三斤以上的才能成块；手撕则选择三两到半斤的，以刁子鱼为主。虽然东江鱼有鱼骨鱼刺，但经炒货烘焙后，骨质软化、松绵，入口即烂，越嚼越香。

东江湖两岸山多，盛产茶籽油。用茶籽油炒鱼的秘诀粗俗又真实地表达出此道菜的奥秘，鱼和辣椒都有味。香辣也好，香煎也好，凡是吃鱼，在湘南民间都流行用茶籽油爆炒、烹饪。茶籽油去腥，清亮醇厚的油香提升了鱼的味道和品质。浓郁的乡土茶籽油与东江鱼的醇厚结合、交融，迸发出一股与众不同的清香和自然。

湖南人思乡，只要拿起一包东江鱼，不管你是老板还是普通打工者，都爱不释手。沙洲与东江湖的旅游宛如百丈岭一带两朵文旅之花，开得娇艳，越来越受外界追捧。瑶家乐农庄引入东江鱼，则是店里的灵魂菜肴，令人吃了回味无穷。

郴州烧鸡公

许是郴州菜的地道，很多人来沙洲，开口便问店家是否有郴州烧鸡公。可见这道菜早已声名在外。

二十多年前，我在老家工作时，常出差郴州，途中必定经过马头岭。如果不出意外，早上出发，到达马头岭正好是午餐时间。马头岭最好吃的莫过于郴州烧鸡公。

马头岭土鸡源自这一带山岗和田野自然又富有生态之美所养的家禽。马头岭两侧都是高山，一条107国道穿越其中。除了典型的湘南民房，田野和山岗的层次丰富。山野之中，食物之丰富，所产的鸡每一只都特别大。每家每户四周有花草树木，有鸡犬相鸣的庭院。马头岭和郴州所有的村子一样，家家户户都散养着鸡、鸭、鹅。

107国道边的饭店，一家家写上“郴州烧鸡公”。这些隐藏于乡间的农家菜馆有着非凡的烟火气。这里吃的菜没有海鲜，没有山珍，都是些本乡本土的农家菜。小院的拿手菜很多，味道地道自不必多说，数得出名的起码有十来道菜。其中，一道茶油烧鸡公便是农家小院的镇店菜。

郴州农村散养的土鸡，饲养周期在一年以上。农家土鸡每天早出晚归，从鸡圈一出来，便拍打着翅膀，迎着朝阳，朝村子里的草丛奔去，那种快意有一种重获新生的感觉。它们在草丛中寻找虫子、飞蛾，或者散落地上的果实。等主人家稍有空闲，就会传来一串“咯咯咯、咯咯咯”的叫唤声。土鸡们呼啸而来，宛如军人听到了冲锋号。女主人来投食，有谷子、剩饭、斩碎的青菜叶。土鸡每天享受着这般食物，肉质自然生态美味，也成就了茶油爆炒烧鸡公的绝味。

店家做爆炒烧鸡公选用现杀土鸡。吃土鸡，以公为主。主要是偶尔有人将公鸡叫墩鸡，是指还没发育完整便请人阉了，湘南一带称墩鸡。宰杀好的鸡斩成大块，然后把干红辣椒、新鲜红辣椒、青椒、大蒜苗、大蒜头、子姜切块等配料准备好。热锅加入茶油，倒入姜块、大蒜头爆香，连鸡肉块一起翻炒，加入水酒、少许的盐炒至变色至微熟。加入适量的清水，焖煮约十分钟，确保墩鸡的肉软化，并锁住肉质的鲜味。待到汤汁快干时，倒入干红辣椒、新鲜红辣椒、青椒爆炒两分钟左右。加入适量的盐、生抽，以及大蒜头，继续翻炒至全熟。再加入少许干辣椒面、蒜苗段，一起翻炒，撒上味精、香油，盛入大花碗中，一碗红通通、油亮亮的爆炒烧鸡公即大功告成。

沙洲人爆炒烧鸡公，源自茶油的醇香，完全化解了油腻之感。入口的鸡肉经茶油爆炒，皮酥肉嫩，加之辣椒的加入，典型的湘菜重口味组合。无论是酒席上，还是朋友聚会，大块吃鸡，大碗喝酒，何不乐哉。即使吃到最后，鸡肉没了，汤汁仍在碗底。这时朋友会拿起大碗，盛上一碗米饭，舀上一勺鸡汤汁，浇在米饭之上，丝丝鲜美的汤汁将米饭变成浓稠软滑的口感，怎么吃怎么香。

后来，这菜成了郴州城市的一张名片。在燕泉路、五里堆一带成为饭市一景，比如高子烧鸡公、日益森、栖凤渡等知名品牌。我也曾专门到日益森烧鸡公燕泉路店品尝过，至今让我为之动容，并念想。

沙洲的郴州烧鸡公完全是沙洲本土散养的公鸡，个大不说，肉质也是相当有范儿。爆炒出来后，其肉香四溢，完全不输郴州街头的味道。厨师们的厨艺了得，自然也成了沙洲游客的必点之菜。到沙洲也可以品尝到纯正的郴州烧鸡公，何尝不是一件好事？！

NO.60

猪血丸子

在沙洲，如果吃上一道邵阳猪血丸子，你的内心会不会感到惊讶？

记得少年时，我在省城长沙读书，同学们来自三湘四水。最令人向往的事情莫过于开学时间一到，各地同学从老家带来美味让人大快朵颐。其中，邵阳几个县同学带来的猪血丸子成了我最喜爱的一道美食。

多年后，我旅居岭南，武冈同学给我捎来一点家乡特产，一打听才知道，武冈出产的猪血丸子更具邵阳风味。许是地域文化的差异，武冈人更喜欢馈赠亲朋，似乎更有人情味，又具烟火气。

恰身边的同事有邵阳隆回、武冈籍，也有怀化沅陵、麻阳籍。就猪血丸子的来历，让他们讲述个典故，没料到竟然众说纷纭。从隆回乡友的故事中了解到，大抵是隆回县荷香桥镇的传说人物陈元亮发明的，他喜爱吃白豆腐与猪血在一起烧成的汤。

他当了王之后，特别避讳看到白豆腐，这里白喜叫呷豆腐。后来，有人为讨好陈王，遂把白豆腐、猪血、碎猪肉掺在一起做成丸子。武冈同学称，此物为寺庙和尚供食。一和尚入寺，日渐消瘦，其母为怜悯儿子出家生活，有恐对菩萨不敬，遂以猪血混杂包之。方丈念其母情真意切，竟默念了这一做法。岂料这等佳肴成了武冈民间盛行的美食。

许是与工作有关，吃吃喝喝又是生活大事。这些年，我特别钟爱岭南美食，从北江吃到西江，珠江水系的美食汇聚成了我笔下的文字。早些年，突然想起光写他乡美食，而忽略了故乡，有点背叛乡土的意味，毕竟故乡才是我的根。

年前，我便想起武冈同学家里有猪血丸子，闲谈之中，睹物思乡，情绪竟然挥之不去。我随即开口，直呼同学给我快递几坨，以解馋。同学很快给我寄来了二十坨猪血丸子，正好老家亲人又给我捎来火焙鱼仔、腊肉。这下可好，三合为一，做了一道腊味三重唱。把猪血丸子、火焙鱼仔、腊肉先置于锅中蒸煮，再回锅用干辣椒蒜苗爆炒，连素不食辣的闺女也忍不住一口接一口地夹着品尝。

这次去沙洲，恰巧遇到一个店里推出这道菜，将切好的猪血丸子码齐，连同腊肉、汝城板鸭一起合蒸，并撒上辣椒面、浏阳豆豉，淋上少许生抽、姜蒜，一起放在锅子里合蒸。大约二十分钟，端出锅。师傅又将合蒸倒入锅中，一起爆炒。由于辣味的油分经过高温一蒸，沥出了部分，爆炒时，不需要放油，直接开炒。过了爆炒的合蒸，经过高温爆炒后，产生出新的味道，腊味的合蒸之味再次上升。

只见那油锅嗞嗞一响，一圈儿氤氲腾空，涌向四周，连强大的抽油烟机也盖不住这种浓浓的湘味，如游龙走天，钻进鼻孔。周边人闻了后，咽口水的，闻香叫好的，一个个一幅馋涎欲滴、贪吃的画面感，实在令人忍俊不禁。而师傅在其中放了少许沙洲的糯米酒糟，更是将这道菜的味道提升了一个层次。

我写下这道菜后，内心开始有些思绪。沙洲菜看似是沙洲传统的口味，实则已经走出沙洲，走出郴州，面向湖南，乃至融合了粤菜的技艺，这是一个地方菜系的升华。

时至今日，沙洲不再是沙洲人的沙洲，而是郴州的沙洲、湖南的沙洲，更是中国的沙洲，是奋进路上一个红色的经典小山村，她始终在红色的道路上，迈出豪情与气概。

猪尾焖南瓜荪和豆角

沙洲的四季分明，春天来了，绿色让这片土地充满诗意。在沙洲，菜园里、田垄里的蔬菜长势旺盛，它们生怕在季节的赛道上输了气节，争先恐后地趁着雨水，与节气顺势生长。

俗话说，人勤春早。入冬前，菠菜、青菜、白菜、芹菜、茼蒿的种子下地，春天，地里长满了可爱的蔬菜。到了正月，家家户户种上了豆角、黄瓜、南瓜、冬瓜。个把月后，这里的各种蔬菜就陆续长芽、开枝，瓜果蔬菜应有尽有。待到三月初，冬瓜苗、南瓜苗成了菜地里最富有生机的宝贝。南瓜都是种在菜园的角落里，不占地，只需找个空地，挖个坑，把肥料铺上，再铺一层薄土，把种子种在上面。南瓜苗的生长是自由的，它能不屈于环境的好坏。四月之前，南瓜自由地长着枝芽，顺着菜园子的围栏或者栏栅、树木架子四处攀缘。特别是在靠近水塘的菜地边，南瓜的长势更加喜人。在故乡，南瓜是贱养贱长的，没有人刻意去关照它，就像村里的野孩子，自然率性地存在。

年后，腊肉所剩不多，扎豆腐干也将吃完，所有腊味的消失意味着村庄里开始进入春耕时节。除了略微富裕一点的人家到集市上卖点肉回来，做米粉扎心肉（俗称米粉蒸肉）。地里的蔬菜逐渐减少，家里桌子上的荤素开始青黄不接。而南瓜苗的出现让生活又多了一份惊喜。

南瓜苗在村庄里肆意生长，任意又自由。村里人为了保证南瓜的品质，一株南瓜苗一般只保留一棵主杆苗，既能保持南瓜的营养充分，又能保证花蕾的成活率。那些细嫩的南瓜苗，特别是枝芽的前端，俗称瓜荪，摘下来，洗净后，剥皮去丝，即可烹饪成一道乡间名菜。沙洲人善于创新，把猪尾巴红烧焖炒，炒出了新意。

猪尾巴焖南瓜荪和豆角，顾名思义，把猪尾巴切成段，油爆，用高压锅焖好备用。然后与南瓜荪、豆角一起爆炒三十秒左右，再一起用砂锅焖熟。

猪尾巴焖南瓜荪和豆角是一道非常不错的初夏保健菜，不仅简单，而且营养丰富。沙洲常见的做法无非是几种常见的厨艺，方法简单易学。而做好却看各家师傅的手艺和本领。南瓜苗摘回来，撕掉外层的老皮，然后将剩下的瓜瓤肉折成三五厘米长一小段。豆角直接折成一样的长度，用清水洗净，分开捞起来备用。起炒锅小火爆香蒜片，先放豆角爆炒，再放南瓜荪大火翻炒片刻，放盐、鸡精、少许生抽，炒熟炒匀即可倒入砂锅，连猪尾巴一起，再焖两三分钟，即可上桌。

师傅说，焖这道菜，尽量保持蔬菜的新鲜度，减少维生素C的流失。时间过长，瓜苗则显得过火、过老，瓜荪软塌塌的，完全没有嚼劲。这些年，每次回乡，郴城的友人、同学都会带我领略这里的美食，越吃越感觉自己离家乡久远了，每一种食物都蕴含着深刻的乡情。吃着吃着，感觉自己像一个走失多年的孩子。而作为游子的那种悲悯与沧桑竟然一下子涌上心头，有一种挥之不去的疼痛感。

白乳丝瓜

沙洲最朴素的生活场景莫过于房前屋后的菜园长满了蔬菜瓜果。每每到了收获的季节，辣椒、茄子、豆角、丝瓜、苦瓜、扁豆、刀豆、空心菜、香瓜，还有肆意生长的橘子、柑子、枣子、梨子、板栗、桃子、鸡爪果、石榴，一眼望去，与远处及近处的炊烟一起构成了最美的乡村图画。

沙洲人自在、随性，他们不讲究所谓的生活富贵，过着随遇而安的日子。这些蔬菜瓜果让平淡无奇的日子有了更多的田园诗意和安定的保证。

那天，我和朋友去瑶厨食府试菜，遂点了三道菜，颇为简单。这家店的厨师都是一家人，哥哥姐姐在后厨忙碌，小妹朱慧成在前台张罗，父亲朱新亮是总管，在外面打帮手，招呼客人。

瑶厨食府的菜品地道。先说辣椒小炒肉，辣椒皮薄且肉质细嫩，豆豉焦而不老，肉片酱香味浓郁，与湘南人的重口味十分吻合。再说干炒猪油渣，色泽鲜艳，火候恰当，肉香四溢。最后一道白乳丝瓜令人拍手称奇。这道菜可圈可点，店家用猪油炒丝瓜，炒出来的丝瓜更滑嫩，芡汤勾兑得恰到好处，软而不烂，滑而不老，淡而有味，是所有菜品中，最能显示厨师水平的一道菜。

原料选用沙洲丝瓜两条，去皮剥离，配料选用芝麻油少许、鸡精少许、芡粉5克。

做法简单，丝瓜去皮洗净，切成薄片；油烧至九成热时，放入丝瓜、精盐翻炒；炒至丝瓜熟时，加入鸡精稍炒即成；收火之前，用少许芡粉勾芡，装盘。

沙洲菜系自是湘南一派，又自成体系，以乡土为主，融合开发，兼容粤菜。

通过此道湘菜，讲述一下湘菜史。自茶陵人谭延闿创立后，湘菜成为新中国成立后八大菜系之一，以湘江流域、洞庭湖区和湘西山区三种地方风味为主。早在汉朝，湘菜就已经形成了较为完整的菜系。随着时代的变迁，人们对美好生活越来越向往，湘菜的菜系也越发丰富。于是，湘南、湘中、湘北开始发力，一些传统的烹饪技艺大放异彩。

湘菜制作精细，在用料上比较广泛，口味多变，品种繁多；在色泽上油重色浓，讲求实惠；在品味上注重香辣、香鲜、软嫩；在制法上以煨、炖、腊、蒸、炒诸法见称。湘菜的主题是下饭，其实很多湖南人也是怕辣的，但又要吃那种很辣的，由辣而产生多吃米饭的结果，所以湘菜主要产生的作用是下饭。

湘菜历来重视原料互相搭配，滋味互相渗透。湘菜调味尤重酸辣。因为地理位置的关系，湖南气候温和湿润，故人们多喜食辣椒，用以提神去湿。用酸泡菜作为调料，佐以辣椒烹制出来的菜肴开胃爽口，深受人们青睐，成为独具特色的地方饮食习俗。同时，爆炒也是湖南人做菜的拿手好戏。但这道白乳丝瓜反其道而行之，颠覆了湘菜的传统制作技艺，这与湘菜的创新性有着密切关联。

白乳丝瓜之所以有奶汤的效果，这与师傅在烹饪过程中所掌握的火候有关。清炒后，小火慢炖，使丝瓜呈现出原汁原味的乳状体的汁水，菜品晶莹醇厚，软糯浓郁，成为该店的名馔佳品。

湘菜素有“辣味烈性一相逢，便胜却人间无数”的美誉。而瑶厨食府的白乳丝瓜却成了沙洲瑶厨食府的佳作，即以食物的本原还原生活的本原。在技与道的双重美食哲学问题上，此菜以技为本，以道为原。

NO.63 驴肉火锅

驴肉有多火，到广东任何饭店一探虚实，你就会明白其中的奥秘。在广东，天上飞的、地上跑的、水中游的皆可成为盘中物。到了广东，各类肉食皆为佳肴，各类果蔬都是时鲜。

据知，驴肉火锅是四川一带的传统风味名菜，属于川菜系。此火锅为四川火锅中的创新品种，由北方的驴肉菜肴“驴肉汤”变化而来，驴肉质地软嫩，汤鲜味美，颇受食者欢迎。一时间，各家菜馆推出的驴肉成了本土食客追逐的美食。

近年来，沙洲文旅与美食得益于本土菜系的创新。之所以旺，亦是同样的理由。随着地方经济的繁荣，本土菜专注品质的提升，以及对就餐环境的改造，契合了地方百姓日益增长的物质需求和对美好生活的向往。

沙洲餐饮界秋冬推出的驴肉火锅以驴骨熬汤，再以养生药膳为汤底，成为沙洲冬季餐饮的带路人。驴肉火锅先得熬药膳汤，用驴骨熬制，再配少许几味中药调制，然后略加几颗红枣、姜片，调制成高汤，以除去异味。鲜驴肉应片成大薄片，驴血成团切片状，以利烫食，其他的驴腩、驴杂，配以青菜时蔬、腐竹等，都焯水后滚煮，再配以蒜蓉汁、腐乳佐拌，口味地道纯正。

主料：驴肉、驴腩肉、驴杂、驴红、炸腐竹、时蔬、沙洲冬瓜等。

配料：蒜蓉酱、生抽、姜丝、腐乳等，每人一碟。

做法：驴骨熬汤，备用；驴肉洗净，切成片状；驴腩、驴杂焯水，备用；驴骨汤加药膳一起熬制新汤，烧开用来涮驴肉、驴红或其他青菜、炸腐竹等。

再点上一煲驴肉煲仔饭作为主食，绝对唇齿生香。

驴肉选取驴身上的精肉，每块鲜嫩细腻，只需涮10秒，与蒜蓉汁搅拌一起，瞬间的鲜嫩入口香绵。如口味重，可加上腐乳或者辣椒酱，使这种独特的混合味道渗透在驴肉之中，松软又柔韧，驴肉一入口，便有爆汁之感。

驴肉以黑驴肉为好，有补气养血的功效，辅助劳损、心烦、痔疮等症的调理，秋冬食用为佳。驴肉的肉质比较精瘦，不油腻。吃完驴肉，再配上青菜时蔬、腐竹一起，又是另外一番味道。驴皮素有“滋补圣品”之称，是熬煮驴胶补血的关键之物。女性冬季食补，驴皮是绝佳的选择。沙洲餐饮深谙养生之道，这驴肉火锅之旺也是情理之中的事情。吃完驴肉火锅，再上一煲驴肉煲仔饭，清香、嫩滑，入口焦香，令食客食欲大振。用店里的鸡公碗装上满满一碗，有点豪客的味道。细细地嚼，慢慢地品，这诱人的驴肉香气真是令人欲罢不能，欲吃还想。

来沙洲，品美食。这里已经不再是单一的湘菜，而是融合了华夏菜系的味道，欢迎天下有识之士来此畅游，来此品尝当地特色美食，这已经成为红色沙洲人讨论的话题。

沙洲香肉

俗话说："狗肉滚三滚，神仙站不稳。"

沙洲村说小不小，说大不大。在郴州乃至湘南的饮食版图上，这个坐落在南岭边陲的小山村的狗肉绝对拿得出手，能在饮食江湖上占据一席之地。

沙洲村坐落于汝城县文明乡，与韶关仁化县、江西赣州崇义县毗邻。这里依山傍水，地理条件优越，是传统农业发展的重要村落之一。由于独特的地理环境，村里适合散养狗及家禽。

除此之外，汝城也是理学名县，周敦颐等先贤在汝城留下了许多可歌可泣的人文经典故事。这里的学府、名胜大部分与古时的文化名人、从政者、诗人、侠客有关，留下了不少佳话。正是这么一个农耕小村，孕育着浓厚的南岭地域文化特色。

沙洲村人爱养狗，好狗成习，其中以本地黑狗、黄狗为主。这里满村都是黑狗走、黄狗摇头摆尾游。这些狗，俗称"土狗"。如今，村里也有少数人家养宠物狗，他们是少数有闲人家。听一个沙洲村的朋友说，村里人对土狗的热爱胜过一切。土狗之所以盛行，一是看家，二是护院。在某种特定时刻，家狗的用处在于维护正义，保护农家的权益。

当地人对肉质的挑剔源于土狗健壮，肥肉少。当地人的日常饮食清淡，不吃肥肉，嫌腻。加之普遍认为土狗肉质温补，不躁，吃起来对身体的损害少。而养狗贵在散养，平时也不拴，到处跑。狗的肉质健康，吃起来筋道。

沙洲村吃狗有两家店，都在沙洲广场中心附近，任选一家都让人赞不绝口。村里餐饮有的平民化一点，有大排档的气息，也有古式建筑的农家饭店，装修略胜一筹，环境稍微典雅。无论到哪家吃狗肉，皆口味十足，唇齿留香。

其实，我更惊诧自己的饮食习惯，来岭南前，在故乡工作，除了猪肉之外，对其他肉类都会排斥。偏偏来到岭南十多年后，把过去的饮食习惯弃之不顾，到沙洲吃了一次狗肉就是铁证。

沙洲人做狗肉有所区别。虽然我没有亲临制作现场，却也耳濡目染当地人对做狗肉的教诲。每每和当地朋友去吃狗肉，他们谈狗的水平居然具有高手九段的功夫。朋友说，这狗宰杀最好在早上。这是因为狗一般会在清早清理粪便，狗肚里的肠子会清爽许多。宰了狗，狗血得留着。然后去毛，先用开水把狗身淋透，用刀剃刮。待剃干净后，再用稻草掸了狗毛。这样，狗身干净，稻草火把狗皮也烧得略带黄黑色，使肉质更具稻草的焦香味。狗蹄、狗肠、狗肝都是狗中上乘之物。用苏打把狗肠洗净，切成段，与狗肉一起加工。狗宰杀过程一结束，狗肉立即切成一块块的，先用柴火过油炸一下，然后干锅爆炒，再用高压锅配作料焖炖约四十分钟。至此，前期制作算大功告成。

等客人来点菜，店家便端出边炉，把焖好的狗肉倒入锅里，用茶籽油爆炒，大蒜头过油煎香，加浸泡好的黄豆、新鲜的柑子皮一起爆炒。待出锅前，放上辣椒面、胡椒粉，一把蒜苗，略煮十来分钟，待狗肉上冒出热气，即可出锅。

在沙洲，狗肉换了个名称，叫作香肉。主要是当下爱狗人士多，免得起冲突。在乡下，很多吃香肉的朋友都是呼朋唤友，提上一壶糯米水酒，举杯呼应。肉香、酒香、人情味混杂在一起，吃起来劲头十足，也可以趁着几分薄醉，快意吆喝。

至于神仙站不站得稳，关键看酒量。沙洲的糯米水酒度数不高，却极易醉人。糯米酒的最大特色在于人是清醒的，却无力站立，何况香肉，让食客留下来的理由更多。

清蒸鲈鱼

文明水库的深处依旧是滁河。滁河掩映在崇山峻岭当中，宛如纤细的女人腰身，在蜿蜒中显得秀外慧中。水库里饲养的鱼有草鱼、鲤鱼、黑鲩、雄鱼、鲶鱼等，偶尔有鲈鱼、桂花鱼等。南岭地区的渔业不是很丰富，但四大家鱼的养殖还是能满足这一带生活着的人们的日常需求。

沙洲人捞鱼、吃鱼不完全指望着文明水库的产出，也可以在水塘里、山溪小水坑里养殖。这种传统的养殖方式已经保存了数千年。山塘、山溪小水坑里养殖的鱼不多，也不像岭南那样繁盛。这里没有打氧机器，没有施肥，没有杀菌消毒，一切都是自然形态。除了鱼草茂盛的，剩下的就是猪粪喂养。

在文明水库的中央，崇山雄伟挺拔，给人一种在自然中，人是多么渺小而卑微的感觉。相对于一条鱼的存在，人是高大的、伟岸的。它们游弋于水的任何一侧，都有一种不得安宁的情绪，岸上的人那种望眼欲穿的情绪像一把杀鱼的刀。

沙洲在水库的下游，滁河到这里不是很浩瀚与宽大，一条如溪流一样的流水在村子里宁静地流淌，以幽静的姿态在此瞭望，与众生平淡地共处。

去年，我去沙洲行走，与店家八卦，了解到他们的菜系基本以本土菜系为基础，甚少有外来食物。偶尔也有从广东或者郴州运过来的海产或者河产。在点菜的间隙，我看到一道难得的菜，即古法蒸鲈鱼。这道在岭南地区再平常不过的菜，在沙洲亦是一大惊喜。

据店家说，这是一条从北江捞起来的鱼。北江水美，宛如玉带，柔中带刚。这水养人，利万物。水草丰盛是渔业资源丰富的根本。鲈鱼是北江的主产家鱼之一。一条三五斤的鲈鱼在北江自然生长两年左右，打捞上岸，成了沿江餐饮店的追逐者。食客们趋之若鹜，基于此物的营养价值与厚道的消费价格。

沙洲的古法清蒸鲈鱼制作亦简单。店家大厨告诉我，首先是原料的选材，保证是新鲜的北江鲈。宰杀五分钟后，用葱姜切细丝泡水备用，在鲈鱼上画花刀，三五刀即可。随后用半汤匙蒸鱼豉油、香葱、姜丝、盐腌渍五分钟。把切好的葱姜铺在盘底，鲈鱼放好，淋几滴九江米酒，开水上锅，蒸八分钟左右。取鱼出来，葱姜扔掉，把古法秘制的酱汁浇在鱼身上，再将新鲜的葱姜撒在鱼身上面，将油烧热，浇在鱼身上。若想给鱼增添一些艺术质感，可以雕花，亦可以用圣女果、红椒丝或者玫瑰花等作为装饰物。

清蒸鲈鱼一上桌，便会成为食客的口中物。吃的时候，拨下一块肉，蘸一下汤汁，美得无与伦比。鲈鱼蘸了酱汁，香味自然由里及外喷发，入口软绵，回味无穷。加之鲈鱼中富含蛋白质、脂肪、钙、磷、铁、铜、维生素等成分，具有很高的营养价值，算是一道养生菜肴。老彭说起这些，略带神秘感地又笑着道：“脾胃虚弱、食少体倦或气血不足、脾虚水肿、肝肾不足、筋骨不健者，古法蒸鲈鱼必不可少。”

当然，鲈鱼还有多种做法。一鱼几味，可切片清蒸，可鱼骨以椒盐炸食，亦可以酸椒清蒸、剁椒淋鱼等，手法之多，味道各异。相对于孕妇，鲈鱼是宝，既可治胎动不安等症，又滋补养身。况且鲈鱼是不会造成营养过剩而导致产前肥胖的营养食物，是健身补血、健脾益气和益体安胎的人间佳品。

沙洲的清蒸鲈鱼出品不多，实则珍贵。沙洲人用自种的紫苏、生姜、大蒜简单搭配，使鲈鱼的味道成了沙洲味道。

爆炒小龙虾

夏季一到，爆炒小龙虾流行于沙洲的各大食肆。瑶厨食府作为沙洲的夜宵主阵地，这里的小龙虾成了夜宵生意的最好招牌。夏夜凉风习习，沙洲村广场上空飘满了小龙虾的味道，吸引着四方客人来这里消遣、娱乐、会友。

爆炒小龙虾是一道简单的家常菜，最初流行在长江流域的荆楚一带。后来随着人工饲养技术的推动，小龙虾在大江南北也有了广阔的市场。沙洲乡村振兴后，这里作为湘南餐饮的高地，其饮食的包容性和融合性越发显得富有张力。沙洲人吃爆炒小龙虾也是基于这种背景，逐步兴旺。当小龙虾进入沙洲，进入瑶厨食府后，摒弃了传统湘菜的制作方法，以湘菜口味的小龙虾得到了众多本地食客的追捧，他们完全抛开了不吃辣的传统，忘我地投入品尝小龙虾的饕餮大餐之中。

这道菜的主要制作材料是小龙虾，配料有干

红辣椒（或捣碎的辣椒粉）、葱、姜、蒜蓉、盐、鸡精等，而紫苏作为压轴的配料，往往是提升小龙虾品质与口感的至尊搭配，不可或缺。

小龙虾要先进行处理，将所有小龙虾用净水冲洗数遍后，再一只只处理：左手捏住背部，右手用牙刷对着水龙头刷洗，并剪去长须。此外，也可以根据客户的喜好，剪去虾的头部，抽出红线。所有虾刷洗净后，浸泡在放有少许醋的清水中，十分钟后捞出沥干，要注意防止其爬出。也有的用洗米水浸泡一会儿。随后，将葱白洗净切成葱花。大蒜去根部洗净切成片，也可以剁成蒜蓉酱。干姜刮皮洗净切成片状，干辣椒用剪刀除去根蒂后剪成一段一段的。

起火，锅中放若干清水，烧开。然后把小龙虾倒入开水中焯水，让小龙虾体表组织的污垢成泡状消散，捞上来沥干备用。

大火烧热炒锅中的茶籽油，加入辣椒，改小火慢炒，并不时翻动。当辣椒段刚刚冒轻微的油烟，倒入小龙虾。改大火，依次加入姜块、蒜蓉，明火煮五分钟左右，倒入食盐、生抽、蚝油、胡椒粉、鸡精，再翻炒三分钟，收汁。这时候，再加几块姜块，把切碎的紫苏叶一起拌匀。关火，装盘。

装盘时，先把小龙虾铲入大汤盆之中，然后把汁淋在上面。撒上葱段，再加几根香菜一起点缀，即可上桌。红的、绿的、紫的、白的、黄的，色香味美，让人看了食欲大振。再招呼店家上几瓶冰镇啤酒，外加一碟爆炒花生米、一盘卤猪耳、一盘椒盐鸭下巴、一碟蒜香莜麦菜，好生惬意。

爆炒小龙虾这道菜，菜品中富含镁、锌、碘、硒等多种有益元素。如此说来，亦是一道养生休闲之美食。正所谓：“邀朋会友小龙虾，对酒当歌伴天涯。”

沙洲人吃小龙虾厉害不厉害，我在瑶厨食府见证过。每晚八点，若是不订餐，上百斤小龙虾瞬间被私人订制完毕。到了夏天，朱新亮大哥一家人上午就开始处理、清洗小龙虾。到了傍晚时分，店里来吃小龙虾的人排成了长队。

尤其文明水库的下游，山泉水里蕴含着丰富的矿物质和浮游生物，是小龙虾优质的有机生态食物，喂养的小龙虾比湖北潜江小龙虾的肉质更鲜嫩。瑶厨食府传统的制作手法，保留了沙洲地道的口味，香辣新鲜，十分诱人。

NO.67

广式蒸鲩

文明水库水产之丰得益于百丈岭的崇山峻岭。每当雨水降临的时候，山野之中巨大的洪流带着微生物和肥料，奔跑于低洼处，最后汇集到文明水库，将这一方水土滋润、喂养。而正是有了这样的滋润，鲩鱼才有了生机与蓬勃。

鲩鱼，俗名草鱼，过去村里养鱼人喜爱割田野里的嫩草投放在鱼塘中。每天早上，割草人趁天蒙蒙亮，就开始割草。带着露水的草料更细嫩、更丝滑，只要投放下去，鱼塘里的草鱼便成群结队地游过来。用不了个把小时，成片的草料被鱼儿抢着吃得只剩骨架。一般饲养一年左右，草鱼基本能达到三斤。文明水库里的草鱼饲养时间更长，个头儿更大。每每捕捞的季节，一时间，晒鱼干、熏腊鱼、做坛子鱼成了沙洲的大事。

在沙洲吃活鱼，除了水煮，还有辣椒清炒或者辣椒面红烧。这些年，受广东游客的影响，店家开发了一道广式蒸鲩，备受众人喜欢，就连郴州市区或者长沙一带的来客都不忘点这道菜。沙洲几家餐饮店的广式蒸鲩鱼口感地道，肉质嫩滑甘甜，味道鲜甜隽美，深得食家赞赏。

广式蒸鱼看似简单，个中的秘籍却不一般。如果掌握不好蒸制方法和蒸制时间，一道最简单的蒸鱼也会变得食之无味。广式蒸鲩鱼的技法简单，讲究的是一个“鲜”字。与其他厨艺技法相比，蒸最能保护原料应有的价值。

广式蒸鲩鱼在选材方面有两种选择：要么文明水库的鱼，要么水塘中养的鱼。鱼种是普通家鱼西江鲩。配以本地头菜、蒜头、葱丝、浏阳豆豉，赋予了蒸鱼更多的风味。若席间有外乡来客，再配以油爆辣椒圈，更入味几分。

后厨师傅告诉我，蒸鱼是师傅的拿手绝活。广式蒸鲩鱼的窍门在于五招：一为背部开刀，二为筷子架空，三为头内尾外，四为葱丝垫底，五为姜丝入鳃，做好这五招，保证蒸出来的鱼肉质鲜嫩，滑而不腥。

师傅介绍说，鲩背部的肉厚，最不容易成熟和入味。这时，应先给鱼开背或者在肉厚的地方打花刀。这样一来，鱼背与其他部位的肉质均匀熟透。其次在鱼身下面要垫筷子，这样可以起到顺气的作用，更有利于鱼肉的成熟。筷子应该与鱼身平行放，而且最好靠近鱼背的地方，不要将鱼身和筷子垂直放，鱼腩易熟，且肉质细嫩，筷子垫在其下会改变鱼腩的形状。其三鱼装盘时不可随意放入蒸箱内蒸制。鱼头在里，鱼尾在外，蒸箱内的气体由内向外传递时鱼头先熟，鱼尾易熟。其四垫葱垫底，葱祛异味。鲩鱼蒸好后，将葱拿掉即可。其五将姜丝塞入鱼的鳃内去腥。如此，白垠广式蒸鲩便大功告成了。

广式蒸鲩的做法不局限于整条，还有切片的、切块的，其制作方法大同小异。但口味有千丝万缕的变化。如果再佐以豆瓣酱或者其他作料，风味更是层出不穷。

相对于湘南来客，有些人提出按照广式蒸鱼的做法，在出锅后，略撒上一些辣椒面、姜末、蒜蓉、红椒丝、葱丝，再用热油淋上，确保鱼肉有少许辣味，增加鱼的丰富味道和层次感。当热油一淋，连浏阳豆豉的味道都被激发出来了，不仅味道醇厚，而且没有半点腥味。

柴火焖啤酒鸭

在沙洲乡土菜系中，柴火焖啤酒鸭，属于沙洲乡土菜系没有门派，完全是当下生活的杰作，来自沙洲人对生活的追求所产生的新菜品。

去年，我去沙洲朋友家开的餐饮店，朋友知道我擅长厨艺，硬要我在他的厨房里做一道私房菜。我看了看他的厨房，有柴火灶，后院散养着鸡鸭。我说，就地取材吧。选只麻鸭来做一盘柴火焖鸭肉吧。朋友店里是沙洲麻鸭，重三斤半左右，品质好。再选用老姜切片，珠江生啤，蒜头切半，配上料酒、生抽、桂皮、八角、香草叶，这道菜做起来得心应手。

我让荷台师傅帮忙把鸭处理干净，鸭子剁块，略小些，这样更加入味。然后洗净血水，上锅加满冷水，加两三块的老姜，大火煮开。再将鸭块捞出沥水，挑出姜片，洗净锅，擦干。锅内放油烧至八成热，放入蒜头、八角、桂皮、香草叶、姜片煸炒三五下（喜欢吃辣的可以加入干辣椒），倒入鸭块、浸泡好的黄豆、陈皮，加两勺料酒、三勺生抽翻炒三五下。倒入整瓶啤酒，滴三五滴醋，盖好盖子，大火煮三十分钟左右。换小火慢炖五分钟左右，待汤剩一半的时候加几片姜块，换大火煮沸再调回小火，煮一两分钟。加入胡椒粉、麻油，适当加入生抽，翻炒，等待收汁。如果汁多，可以略用生粉勾芡，放少许鸡精起锅。冬天还可以在起锅前加点蒜叶段，增加口感与美味度。

鸭肉膻味重，先用沸水带姜块氽烫，再下锅煸至出油，或者放入姜块干锅爆炒，两种方法皆可消除鸭肉的膻味。等到焖煮后的鸭肉鲜美，汤汁也干净香浓。在料酒的选用上，一定要采用绍兴料酒，使鸭肉的味道更加醇厚。在香料的处理上，不可大量，少许即可，以免放太多香料抢了主味，失去了啤酒焖鸭的原味。

柴火啤酒焖鸭装盘，最好选择一个大的盛盅，一来有气势，二来能使鸭肉的香气更好地散发。由于空间的影响，容器大点的铁盘或者铜盘更利于膻味的消除，增加食物的整体美感，提高食欲。

在柴火的选择上，荔枝木具有独特的功效。由于此柴火能与食物融为一体，因此有效提高了空气中的食物与烟火的互补之功。柴火焖啤酒鸭吃的便是人间烟火。

如果食客要赶着上班，或者时间紧，也可以换一种做法，即把爆炒工序完成后，把锅里的鸭肉倒入高压锅中，继续以柴火焖煮，待上汽后，约十分钟，即可开锅回炒，加以蒜苗段等。加入胡椒粉、麻油，适当加入生抽，翻炒，收汁，便大功告成了。

柴火焖啤酒鸭不仅适合友人相聚，更适合各种体质的消费群体，以物美价廉的优势、超群的品质吸引食客的关注。在当下日渐文明的盛世中，健康、安全亦是饮食文化的谋划之道。

沙洲柴火焖啤酒鸭，干辣椒软糯，入口生香，黄豆吸收了鸭肉的油脂，使鸭肉的味道更趋纯正。陈皮则去腥，这道菜的成品出来后，鸭肉呈黄色、饱满的样子，入口丝丝入味。而轻微的辣味使得鸭肉更加入味。

红烧冬瓜

在沙洲，地里出产的蔬菜除了辣椒、茄子、豆角、苦瓜、土豆、青菜、菠菜，还有南瓜、冬瓜这些属于冬季时令蔬菜中的重货。与红薯一样，冬瓜可以存放在地窖或者洞藏。

沙洲冬瓜看似泛白，实则外表翠绿。这样的冬瓜个头儿大，有的达到上百斤之重，非常适合长时间保存，经久耐存。

沙洲产白皮冬瓜历史悠久。据说，千百年来，这里一直生长着白皮冬瓜，沙洲白皮冬瓜实际上是湘南一带的品种。这里很少规模种植冬瓜，各家各户都会种一点，给家里留有冬令时蔬的菜碗。

白皮冬瓜上市，文明圩上就有交易，价格也便宜，几毛到一元不等，绝对不会价格很高。作为一道入门菜，在过去的穷苦日子里，甚至在酒席上，白皮冬瓜主要被大厨用来红烧 ，做出了红烧肉的品状，酒席上误以为红烧肉。

沙洲人做红烧冬瓜手法利落、简单。以食物的原生态呈现给食客，这也是沙洲饮食的魅力所在。生态食物以纯正的食材制作，保证了食物的纯粹性，减少了食物制作过程中营养成分的损坏，保证食物的质量。

制作这道菜，先把冬瓜去皮，洗净后切厚片，呈四方墩块状。锅热了后，放油，八成热下蒜末、豆豉，把冬瓜片倒入锅中爆炒。大火爆炒三分钟左右，加入适量的清水煮十五分钟左右。稍后加盐，用少许芡粉勾芡，翻炒几下，按照一比一的比例加入老抽和生抽，翻炒后即可出锅装盘。

红烧冬瓜看似简单，却有较高的营养价值。冬瓜含维生素C较多，且钾盐含量高，钠盐含量低，高血压、肾脏病、浮肿病等患者食之可达到消肿而不伤正气的作用。加之冬瓜本身不含脂肪，热量不高，对于防止人体发胖具有重要意义，有助于人的形体美。冬瓜性寒味甘，清热生津，避暑除烦。夏日吃冬瓜，是最佳时期。

除了鲜瓜的制作，冬瓜还可以以紫苏爆炒，切成薄片，也可晒成冬瓜干。酸的，辣的，原生态的，全凭个人喜好而定。沙洲人制作以冬瓜为主的菜肴也是千奇百怪，紫苏是湘菜调料中的万能之物，春天盛产。一旦有了紫苏，就连红烧冬瓜都变得魅力无穷。至于紫苏炒冬瓜片，既可以呈水晶状，也可以呈红烧状。不管怎样，红烧冬瓜都是沙洲人乃至郴州人心头的一道看家菜。

炒田螺

夏季，夜市成为沙洲人的聚集地。各种各样的夜宵档、烧烤档、大排档让村子里沉迷夜色深处的人有了个好去处。这里可以吃粉、炒螺、炒小龙虾、喝啤酒、吃烧烤。来此消遣的食客十有八九离不开一份爆炒田螺。

爆炒田螺是一道色香味俱全的传统市井名菜，亦是湘菜中的夜市爆款，所谓香辣味浓，嚼出生活的种种滋味。但凡消夜的，都沉迷啤酒与夜色。这种混浊的生活气息就需要混搭的生活滋味。

沙洲盛产田螺，所有田野里都有。这片村庄没有工业企业，水渠很少受到工业废水的污染，水质好，水中生物资源丰富，是田螺的优质生息之处。加之近年来实行河长制，滁河清澈见底，沙洲田螺品质之好超出了人们的想象。

爆炒田螺的制作方法颇为简单，而做好却难。手法、烹饪时间、调味料，以及对原料和配料的搭配特别讲究，方能制作出上品。田螺捡拾回来，用清水养一天，吐出泥浆。也可以借助苏打、食盐等来完成。而多次实验得出一个真知，那就是敲拍几颗蒜头，置于田螺中，其辛辣可以促使田螺加速吞吐，去泥浆亦是行之有效的最佳方法。接下来，剪尾，再冲洗多遍，备用。

爆炒田螺时烹调油最好用植物油，若是用茶籽油甚佳。辅料为干辣椒、八角、桂皮、鸡精、盐、白糖、料酒、香油、蒜、姜块等。姜、蒜切成指甲片，也可以制作成蒜蓉。干辣椒切成一厘米长的段，备用。

开锅后，锅盛油烧至八成热，下螺爆炒断生，捞出沥干。洗锅，锅内放油少许烧热，下干辣椒、八角、桂皮炒脆，随即放辣椒酱、姜、蒜片炒香，倒入田螺，再配以生抽两勺、老抽一勺、蚝油一勺、柱侯酱一勺、料酒少许，翻炒几下，待均匀后，略加清水，盖住螺面煮。待汤汁收干，转中小火翻炒，加盐、鸡精、紫苏，再加蒜和香菜快速翻匀即可出锅。

在煮的时间控制上，节点非常重要。量小，水少，建议八分钟左右，以保持田螺的柔软性，让食物质地鲜美；量多，水多，建议二十五分钟左右，以保证田螺熟透，让食物质地坚中带韧。怎么炒怎么吃，怎么有味。

装盘时，淋入香油和匀起锅。装盘后，再用少许香菜点缀。一端上桌，“红蓝黄绿青蓝紫”视觉的既视感爆棚，亦进入一个七彩世界。如此色彩缤纷，便觉开胃开怀。

在夜市凌乱的灯光照射下，吃着爆炒田螺，那种行色迷离的光晕瞬间与市井生活相契合。有时候在这种特定的时光里，生活的消遣需要慢慢咀嚼与品味。

沙洲人生活随性，来此消费的人也是趁着周末，带着家人，那种悠闲和自在是繁华都市里难以企及的。他们率性、自由地享受着乡村的夜色，在鸡鸣狗叫的村子里，感受夜鸟的清唱。一口啤酒，一口田螺，一口小龙虾，那种闲情自得的情景自然是一种情怀，是内心至臻至纯的一种体验与感受。

百味沙洲

第二辑

风味篇

凉拌猪耳

在沙洲，每逢喜事，除了十碗荤，前面几碟凉菜的加入寓意着沙洲人的生活越来越丰富。几盘凉菜添加了菜式，增加了味蕾的感受，其以本土食材，加上外地菜式的做法，越来越受到沙洲人的喜爱。

在沙洲的喜宴中，凉拌猪耳成为一道必备的菜式。其做法之简单，不亚于沙洲日常人情。凡是来了客，有茶，有酒，都是随手可以拿出来的。瑶家乐农庄的师傅分享了做凉拌猪耳的做法。

备好食材：猪耳、大蒜、生抽等。

虽然凉拌猪耳这道菜借鉴川菜中的凉拌猪耳朵，而做法却不同。在川菜中，猪耳朵广泛用于卤菜。在湘菜中，猪耳朵多为腊制，广泛用于婚庆嫁娶的腊盘子菜制作。湘菜中的青椒炒猪耳朵又是一道乡间小炒。猪耳朵以白切为主，佐以蒜蓉、生抽拌食。这次，瑶家乐农庄的师傅秉承了川湘之间的菜技，以创新的手法突破传统的手艺。

凉拌猪耳选上等的土猪猪耳，清洗去毛垢，整只放入调制的酱料中熬煮半小时左右。这个酱料极为重要，以广式调料为主，包括生抽、老抽、柱侯酱、蚝油，还有少许黄豆酱、盐等。这里的搭配非常讲究，比如生抽与老抽为 2 ∶ 1 的比例，少了味淡，多了肉白味重。猪耳朵煮半小时左右，肉刚刚熟透，嚼劲也好。尤其猪耳中的脆软骨，嚼起来更是筋道有味。

猪耳朵煮熟后，要解刀，脆软骨部分切成一寸长的薄片，耳根部分的肉质肥厚，可切成半厘米厚的片状。切好后，置入冰箱中冷藏一小时，使得肉质紧密。一小时后，拿出来回锅，加点蒜蓉，把猪耳朵爆炒后，再倒入熬煮的酱料，适当加点红辣椒、香菜，以增加菜的美感。

凉拌猪耳上桌后，不仅适合送饭，更适合下酒。硬软兼之，若上面再加点擂碎的花生米，食物的味道更胜一筹。这道菜不光本地人喜欢，也颇受外来沙洲生活的人喜欢。其略有辣味，夏季消暑，秋冬去燥，春来补气，皆有板有眼。

沙洲凉拌猪耳成了凉菜后，村子里越来越多的年轻人结婚、建房的喜庆酒宴都用上了。村子里摆酒席，这些凉菜的增加也寓意生活越来越好。猪耳有嚼劲，适合湘南人的饮食喜好。至于沙洲瑶民，经过上千年瑶汉民族的融合，其饮食早已融为一体。

在沙洲，过去娶亲嫁女都喜欢在夜里做宵夜招待上宾。主家让厨子做好下酒菜，以便聊天消遣。端上几碟腊味猪耳、猪肠、腊肉、腊肝等，便可做成一道腊味四碟，下酒、喝茶都可以解腻。

凉拌黄瓜

沙洲种植的黄瓜叫白皮黄瓜。根据表皮，黄瓜可分为白皮与青皮两种。其中青皮的主要生长在岭南一带，适合大棚种植。实际上，沙洲人种植的白皮黄瓜与青皮黄瓜一样，是一种舶来品。

对于黄瓜什么时候流入沙洲，怕是很难找到记忆，没有任何人说得出黄瓜的点滴故事。相传，最早黄瓜书名叫胡瓜，是汉朝张骞出使西域时带回来的，后赵王朝的建立者石勒禁用“胡”字，胡瓜便更名为黄瓜。

张骞出使西域，在喜马拉雅山南麓的印度北部地区带回黄瓜。此物喜温暖、不耐寒、喜潮湿、不耐旱、强光照，要求土层深厚，土质肥沃，有机质丰富，通气性良好，微酸至中性土。如此算来，湘南土地上种植黄瓜已有数千年历史。

每年农历三四月，气温回升，村子里开始耕地翻土，将菜地修整得有条有理。黄瓜为种子繁殖，直播或育苗移栽。用一小块土地育秧，然后到了四月上旬开始移栽，用竹竿搭成三脚架，插入菜地里，或者搭成连片的长条架，以便秧苗沿着竹竿一路攀缘生长。一般到了端午节，首批黄瓜挂果，生长速度非常惊人。黄瓜花开得鲜艳，黄色的小花雄雌同株。到夏季，正是黄瓜生长的旺季，沙洲村家家户户的黄瓜一日三餐都可以共食。

每到这个季节，若是有喜宴，村子里的人索性用黄瓜做一道地道的凉拌菜。

备好食材：黄瓜、蒜、香菜。

取沙洲黄瓜，洗净。黄瓜去皮切成小条，大蒜切末。将黄瓜、蒜末置于一个透明大碗中，加入两勺盐，拌匀，盖上盖腌制15 ~ 20分钟，夏天可放进冰箱腌制十分钟左右。看到黄瓜腌出半碗以上的水分时，将腌出的水滤掉，再加入两大勺白糖、生抽5克、香醋30克、香油20克、鸡精、胡椒粉适量拌匀，再腌制10 ~ 15分钟即可食用。

要选择新鲜的嫩黄瓜，最好是细长的、表面的颗粒非常糙的，这样的黄瓜中间没有大籽，口感会比较脆爽；先用盐和蒜末腌制，盐入味、出水，蒜杀菌，黄瓜去皮、切小一些更易入味；腌出的水一定要滤掉，这样黄瓜的味道才不会咸和涩口；水倒掉后，要加入大量的糖，经过二次腌制出水，黄瓜的口感才会清甜；凉拌菜的灵魂在于调味汁。

《本草拾遗》中提到黄瓜中含有的维生素C具有提高人体免疫功能的作用。黄瓜不但营养丰富，而且具有保健、洁肤增白、祛斑抗皱、护肤防衰、消炎疗伤等功效，享有“厨房中的美容剂”的美誉。黄瓜无糖，也是当下人们减肥食物中的上等佳品。

在食物药理中，相生相克的东西比较多。老人讲，黄瓜尽量不要与花生米同吃，预防食物中毒，因为其与花生相克。

凉拌皮蛋

沙洲靠山靠水，山上种植果蔬，山下有鱼有虾。

沙洲文旅兴起后，富民措施越来越多。这里以农业兴起的种植业带动了沙洲经济的发展。除了柰李、梨子等水果产业，以辣椒为主的种植，尤其是沙洲的地理标志性产品的小米椒成了拳头农业种植项目。

沙洲小米椒引进的品种与桂阳的太和、方元、燕塘镇产的不多。每年中秋节一过，沙洲的小米椒便到了收摘鼎盛时期。每当这时，沙洲人几乎家家户户都要腌制豆豉辣椒，用上等五爪辣，选净、晾干，拌以豆豉、生姜置于缸内，加少许生茶油盖面，过上几天食用，辣中带甜、甜中带香，成为下酒、送饭、喝粥的上等菜。也有人将辣椒晒干，在石臼中擂制粉末状，拌上少许茶油，擂制的时候，辣椒不会外喷，消除了强烈的辣椒呛鼻味。往往擂得多了，也有人用油烧制，再拌以猪肉、干鱼、干豆腐、干牛肉、猪油渣置于缸内，腌制成辣酱肉、辣酱鱼、辣豆腐、辣牛肉等。

沙洲辣椒的营养价值高，含有丰富的胡萝卜素和维生素，其中维生素C的含量是其他蔬菜所不及的。它所含特殊辣味的辣椒素和挥发油具有温中散寒、除湿杀虫、刺激肠胃、增进食欲的药用功效。近年来，沙洲人规模栽培辣椒的经验不长，但这里种植辣椒的历史很长。无论是汝城、桂阳、资兴、安仁，湖南的辣椒都盛产知名品牌的辣椒酱与坛子菜。

市委党校沙洲分校后面的一大片土地都是辣椒种植片区。每当春天一到，这里的辣椒苗一片葱茏。沙洲五爪辣、朝天椒、尖角辣、黄贡椒个长仔多，辣味浓烈而带有芳香。在沙洲人的餐桌上，各种各样的辣椒都有，只要你敢吃，就没有不敢放的辣椒。

沙洲文旅兴旺后，除了烹饪出来的菜肴，各种凉拌菜也成了沙洲文旅餐桌上的新生代表。其中凉拌皮蛋便是一道辛辣可口的美味。

沙洲餐饮店会采用汝城本土产的皮蛋。

备好食材：葱、小米椒、蒜。

材料准备好，皮蛋洗净，剥去外壳，刀蘸点水将其切成小块。淋上1汤匙生抽、1/2汤匙香醋，并撒上少许白糖；随后将葱、小米椒、蒜切丁；锅里热油，依次爆香蒜、小米椒和葱；随后淋在皮蛋上；撒上少许白芝麻就可以开吃了，此外，也可以撒上湘汝辣酱。

沙洲凉拌皮蛋没有膻味。其中关键在于师傅的处理，尖椒切碎，大蒜切末，生姜切丝或者切末，香菜切段，小米椒切圈剁成粒。沙洲的凉拌皮蛋靠小米椒、大蒜、生姜达到去腥、增香的目的。

沙洲凉拌皮蛋一上桌，满屋生香。沙洲乡村文旅越来越火，沙洲餐饮成了郴州文旅的品牌后，有热菜，有凉拌，丰俭由人。

凉拌海带丝

若有山珍，必有海味。

沙洲人吃酒颇为讲究。山珍不是肉食，更多是菌子，还有山中野生的各类食物。沙洲珍视野生动物，对它们更多是包容与接纳。那种不伤害人的动物不会去打猎、捕捉。即便最艰苦的岁月，野猪在村里偷吃粮食，造成大的破坏，有过打野猪的记忆。

沙洲屋后高山上的茶马古道是湘粤边界的重要古道。自古是官盐、茶叶，还有交易的胜地。过去有句俗话：“马到郴州死，船到郴州至，人到郴州打摆子。”茶马古道到沙洲，尽是高山峻岭。马行至此，累尽之极。至于船，郴州小河小溪多，从沙洲一带，水流向北，再无南向。高山仰止，景行景止，大抵说的就是南岭地区高山峻岭的险峻，而沙洲一脉高山阵守偏安一隅。

估计沙洲人最早吃的海产就是海带。咸鱼、墨鱼、海蜇大抵也是这个时候带入的。海带易带，主要是从海里打捞上来后，晒干后便于携带。海带到文明墟场有了交易，也就有了海带菜系的相关菜肴。

湘菜中，海带排骨或者老骨汤是湘菜中的经典汤类。海带除了可以煲汤，切成丝片炒菜也是相当炸裂。湘菜有豆腐干炒海带丝、碎肉片炒海带丝、干豆角炒海带丝，凡是能搭配的，湖南人绝对不会吝啬。后面，沙洲喜酒也有用海带丝做的凉拌菜。

沙洲人在文明墟买来海带，洗干净，晾晒一下。将海带上的海盐去掉，再在太阳底下晒干。一旦家里有喜事，先将海带丝用清水泡发（泡半小时至一小时），海带丝泡发好后，用清水多次清洗干净，再用开水煮5～8分钟捞出。备好红椒、大蒜、香葱等配料。

然后，红椒切丝，大蒜切末，香葱切粒；将煮好的海带捞出后控干水分，再将蒜末和葱花撒在上面；锅中倒入少许油，中火烧热后，放入红椒丝快速煸炒片刻；炒好后连油带菜一起倒在蒜末和葱花上，使其炝出香味；接着放入盐、味极鲜酱油、醋、糖、芝麻油、花椒油、辣椒油和熟白芝麻；拌匀后便可开吃。夏天放置冰箱里约半小时，味道最佳。

干海带丝里会有些泥沙，泡发好后一定要洗干净。红椒丝快速炒出香味即可，不要炒的时间过长。调味料的量可根据自己口味来调放。海带性寒，甲状腺功能亢进、怀孕、胃寒、肠胃炎患者最好别食用。

沙洲人凉拌海带也有用辣椒粉的，而不用新鲜的辣椒。将海带过水焯了后，将油烧热，倒入辣椒粉，然后快速放盐、调料。再将配好的作料，一起合拌而成。若能放在冰箱快速冰冻一个小时左右，海带丝会更有嚼劲。而冬季做这道菜，则直接上桌便可。

凉拌木耳

沙洲高山上生产的不只有木耳，还有竹笋、蕨菜等物。

沙洲的木耳与众不同。深山老涧的地方，木耳来自大自然。沙洲木耳主要寄生于阴湿、腐朽的树干上，生长于阔叶树的腐木上。吃木耳、晒木耳成了沙洲人的日常。沙洲人善于分辨木耳的品质和质量，以及有毒还是无毒。

按照老一辈的沙洲人讲，若食用的木耳不是生长在古、桑木上，便容易中毒。比如枫树上的木耳吃了容易狂笑不止，很容易引发癫痫症状。如今，沙洲人吃木耳甚少去山上采摘，更多是人工养殖和人工栽培。

木耳的营养价值可与动物性食物相媲美，其铁、维生素K含量极其丰富。木耳成了沙洲人喜欢的一道菜肴。木耳炒肉丝、木耳炒莲藕片、木耳炖肉汤、木耳冬菇炒肉片，凡是能与木耳一起炒的，皆可组合成一道美味。

沙洲人喜欢收储干菜，除了干豆角、干笋、萝卜干等，木耳也是其中之一。但凡家里突然来了亲友，来不及买菜，木耳用水一浸泡，即可快速搭配炒成菜。沙洲的厨师做喜酒菜，开菜单，木耳也是重要的配菜之一。

近年来，沙洲文旅火了以后，来村里旅游的人便多了，各家酒楼、乡土菜馆不断开发新的菜系，吸引外来游客。一道凉拌木耳以汝城之名，竟也火爆到了极点。生态成了沙洲文旅餐饮的标配。

在准备食材时，选汝城自产的木耳、生姜、大蒜、小米椒、香菜。

提前用清水泡发，一小把木耳泡发后，其体积能膨胀好几倍，每次吃木耳的时候，吃多少泡多少，这样比较卫生。锅中加入两碗清水烧开，然后倒入泡发好的木耳，大火煮熟，然后捞出晾凉，沥干水分，备用。

生姜切片，大蒜拍碎切小，小米辣对半切开，然后切碎备用。在一个大碗中放入辣椒料、一些花椒，浇上一勺热油，激发出花椒和辣椒的香味。然后放入切好的各种食材，加入料酒、生抽、陈醋、芝麻油、盐、鸡精，搅拌均匀就可以装盘，十分酸爽可口。

准备一把香菜，洗干净切成小段，有些朋友接受不了香菜的味道，有些喜爱。不喜欢吃香菜的朋友，可以把香菜换成小葱或者洋葱，黄瓜也都可以，这些菜都适合用来凉拌。没有陈醋可换成白醋，用白醋的时候，加少许白砂糖会更鲜美。

一盘美味的凉拌木耳端上桌后，送入嘴中便嘎嘎作响。木耳清脆，富有韧性，木耳质地柔软，口感细嫩，味道鲜美，风味特殊，而且富含蛋白质、脂肪、糖类及多种维生素和矿物质，具有很高的营养价值，现代营养学家盛赞其为“素中之荤”。

据科学分析，每百克木耳中含有水、蛋白质、脂肪、碳水化合物、纤维素、铁、钙、磷，可谓营养均衡，还含有维生素B、维生素C和胡萝卜素等。

因此，木耳是一种营养丰富、滋味鲜美的副食品，并且具有很好的食疗作用，更是沙洲人在幸福道路上见证滋味的一道美食。

NO.76 凉拌三丝

在文明墟，经营蔬菜档口的人怎么也没料到如今墟上的蔬菜如此畅销。沙洲成为郴州乃至湖南的红色文旅示范地后，各种蔬菜的销量激增。

沙洲的当季菜基本上是本土的居民自家销售的。他们各自挑着担子，将自家种的蔬菜挑到集市上买卖。蔬菜档口，专门经营一些跨季蔬菜，或者外来的新品。比如冬天，土豆、新鲜的辣椒、韭菜、洋葱、蒜条、藕片、苦瓜、丝瓜、南瓜、冬瓜等基本是热带的蔬菜。

要做好土豆丝和海带丝、胡萝卜丝，就必须三菜合一。土豆要保持脆爽，海带丝要筋道，胡萝卜丝要营养，三者兼顾，看似很容易，但要做得好，也是需要相当功夫的。

备好食材后，大蒜作为点睛之笔，是凉拌三丝的最佳搭档。

土豆去皮和长牙部分，海带丝洗净备用，海带丝切成小段在开水中焯一下，焯好的海带丝立即在冷水中冷却洗净沥干水分备用，土豆切成细丝在凉水中冲净水淀粉，土豆丝在开水中焯的时间不要太久，否则会影响口感，焯好的土豆丝在冷水中过凉后沥干水分备用。

胡萝卜切成细丝，香菜切成小段，将海带丝、土豆丝、萝卜丝、香菜放入容器中，加入调料盐、糖、米醋、味精、辣椒油、麻油拌匀入味即可。拌好的海带三丝盛入盘中，三伏天吃更清爽。

夏天吃三丝，要入冰箱冰镇个把小时，这样冰镇出来的三丝脆爽劲道，米醋经过冰镇后，味道更为容易接受。辣椒油、麻油等经过冰镇后，所表现出来的食物层次感极大释放出来。

若是在三丝中加入些许沙洲米酒，米酒的甜香更能使三丝酸中带甜，甜中带麻，麻中带辣，辣中带咸，丰富的味道层次无与伦比。

平常吃的海带具有祛除“老痰”的作用。海带味咸，性寒，归肝、肾经，其纤维素可以清除附在消化道上的细菌霉菌及废尘颗粒，减少痰的堆积，具有消痰软坚、利水消肿之功效。用于慢性支气管炎、哮喘的调理时，可做成海带糖浆或凉拌海带，坚持食用，“老痰”祛除则发病诱因消除，效果颇佳。

在沙洲游客中，追求健康与极致生活的游客很多。他们大多是时代的各类精英与奋斗者，更希望在乡下寻找新鲜的食物、健康的食物。他们的胃里不缺城市数不清的美食和营养，唯有三丝这样的简单食物更能激发他们对美好乡村事物的惦念。他们的胃里有最朴素的记忆，便是这次旅行的全部意义。

凉拌秋葵

大约四月后，没有了霜，沙洲人开始种秋葵，五月的日照开始足够育苗。夏天后，土地上的秋葵长势旺盛，1~2个月，苗子开始结果。

沙洲的土壤以土层深厚、肥沃疏松、保水保肥为主，山上山下都是秋葵种植的好地方。沙洲滁河的水是浇灌秋葵的保障。这里的土地通风透气，是农作物的上好耕种地。

到了初夏，气温升高，在昼温28℃、夜温18～20℃适温下，开花后4天即可收获。秋葵开花结果后生长速度加快，长势增强，尤以高温下生长更快。这里的人勤耕细作，除草、培土、施肥，样样不落下。

早上，村子里的人习惯在太阳没有升起前，到地里施肥、浇水。雨季排水，秋葵娇贵，生长期以保持土壤湿润为度，却最怕烂根。沙洲人施肥，大量的有机肥是地里作物的福音。这里种植的秋葵甚少植株早衰。

每每到了采收时期，沙洲人采收的秋葵嫩果硬韧、色绿、鲜亮。如果采收不及时，肉质老化，纤维增多，食用价值将大大降低。采收者习惯身着衣裤，以剪刀从果柄处剪下，勿用手撕摘，以防损伤植株。如果采摘不当，极易伤了树干，影响后期收成。

采回来的秋葵营养丰富，幼果中含有大量的黏滑汁液，具有特殊的香味。其汁液中混有果胶、牛乳聚糖及阿拉伯聚糖等。果胶为可溶性纤维，在现代保健新观念中极为重要，经常食用它，有健胃肠、滋补阴阳之功效。

秋葵嫩果中含蛋白质、脂肪、纤维素、维生素、钙、磷、铁，是一种高档的绿色营养保健蔬菜。在民间，俗称蔬菜肾宝，堪称蔬菜中的补阳强身佳品。

沙洲人对于秋葵的烹饪除了炒，就是凉拌。

备好食材：秋葵、小米椒、大蒜。

材料准备好，秋葵洗净去蒂，将秋葵放入滚水汆烫3分钟左右迅速捞起，放入冷水中浸泡一会儿，将秋葵剖开，摆入盘中备用，蒜头、辣椒切末。加入生抽、香醋、白糖拌匀调成酱汁，锅里烧热油，烧至冒烟后，浇入辣椒、蒜蓉碗中，拌匀后浇在秋葵上即可食用。若喜欢辛辣口味的，可以直接加芥末，味道更佳。

夏天吃，最好在冰箱里冰镇半小时，这样秋葵会更脆爽。

秋葵药用价值高。根可止咳，树皮可通经，一度成为民间偏方。秋葵的种子可催乳，用于乳汁不足。秋葵清热解毒，润燥滑肠，是滋补、提气的好物。

晚上不吃饭，只吃一道芥末秋葵，虽入口辛辣，吃后却通体舒畅。

凉拌牛肉

过去，黄牛由下田耕作转向牛肉，其使命发生了新的变化。

沙洲黄牛肉一直是湘南农村稀有的肉类。尤其有了机械化后，算是高档生活的品类。在湘南也好，沙洲也罢，黄牛肉变成了菜篮子中优质肉类的代表。沙洲黄牛“牛”起来，走上了文旅餐饮的餐桌，已经成为沙洲文旅餐饮的喜事。

沙洲黄牛算是鲁南黄牛的一种。因遍身黄色而得名，宽阔的牛背和健壮的臀、腿使它们有“南岭勇士”的称号。过去这里田多地阔，山涧小溪，到处有耕牛耕种农田。改革开放后，高峰时期，黄牛基本上做到一户一头。如今，黄牛养殖少了，除了种田使用机器外，更是被人“吃”了。

沙洲黄牛肉富含肌氨酸。吃了沙洲黄牛，锻炼身体更“牛”。由于沙洲黄牛的营养价值高，含有足够的维生素B6，可帮助人增强免疫力，促进蛋白质的新陈代谢和合成。沙洲黄牛堪称沙洲本土菜系中，难得的上好菜品。

曾有人笑过，光一头牛便可以做成上百道菜系，如水煮、孜然、青椒、干拌、川味、红烧、嫩炒、焖煮、酱拌、干锅。在牛肉系列中，以地名命名的牛肉菜有数十种。比如自贡掌盘牛肉、白切、潮汕、淮南、灯影、西湖等，还包括各地的牛杂、卤牛肉等品牌。

沙洲凉拌牛肉，食材有葱、大蒜、香菜。将牛肉提前卤熟，晾凉切片装盘，葱、蒜、香菜洗净控水，将葱和香菜切碎与牛肉一同放入盘中，放入辣椒粉，用热油淋入激出香味。加盐、醋、酱油、香油拌均匀即可。

将牛肉提前卤熟缩短制作时间，再放在冰箱里冰镇，现吃现拌，口感超级美味，低脂健康。

写到这里，我想起名著《水浒传》中的故事："小二，来一斤牛肉、一壶酒！"小时候，每每看《水浒传》好汉去酒馆喝酒的画面，他们在桌前一坐，大碗喝酒，大口吃肉，那种豪情万丈令人羡慕。

今天，我们到沙洲旅游，点上一盘凉拌牛肉，倒上一杯沙洲米酒，看世间风月，酒肉人生，亦是百味人生。唯有内心，依旧牛肉拌酒，细品人生况味。

凉拌凤爪

沙洲人散养土鸡的习惯已有数千年历史。

瑶民之所以选择在这片土地上生活，看中的就是这片背山面水的土地。大山是天然屏障，既能抵御自然灾害的侵蚀，也能抵御时代的动荡。安心立命于这片热土的人世代在这里安养生息。

沙洲瑶民的日常就是养猪、狗、鸡、鸭、鹅，这些家禽是湘南最原生态的生活物种。沙洲人养的走地鸡，母鸡也就三五斤重，毛色普遍为黄色、黑色，公鸡也不过五六斤。与不远处的苏仙五盖山或者马头岭的走地鸡不同，马头岭的公鸡硕大，身形粗壮，一只公鸡重达十来斤，一只鸡脚都约有半斤重。

沙洲人杀鸡，喜欢留下鸡杂、鸡脚，分开炒。沙洲人做酸辣鸡杂，将鸡胗、鸡肝、鸡肠、未成熟的鸡蛋，与家里的蒲菜一起做成一道开胃菜。若是谁家做喜酒，大批量地杀鸡宰鸭，便将鸡脚留下来，一起做一道凉拌凤爪，是一道惊艳小孩的菜肴。后来，索性到市场上批量采购回来，制作一道必备的凉拌菜。

沙洲人心目中的凤爪又称鸡掌、鸡爪、爪钱手等，是一道经典的传统小吃，在川菜、粤菜中均有制作，多皮和筋，胶质丰富。沙洲厨师制作这道菜后，成了沙洲文旅宴席上一道名菜。因其富含谷氨酸、胶原蛋白和钙质，多吃不但能软化血管，同时具有美容功效，深受客户喜欢。

制作这道菜，要做到鸡爪色泽绛红，皮层胀大而有皱纹，有“皱纹凤爪”之称，非常考验师傅的水平。瑶厨老板娘黄红梅说过，凉拌凤爪要做到皮下饱含芡汁，有灌汤之感。食时，皮骨易离，皮软滑，骨酥烂，老少咸宜。首先选材要新鲜，这样吃起来才美味，自己也放心，凉拌一般推荐使用火麻油。然后准备姜片、干辣椒、大蒜、小米椒、葱。

鸡爪去除指甲洗净，在中间切断，再对半切开，锅中加水烧开，放入鸡爪焯水后捞出，用流动水冲洗掉浮末，锅中再次加水烧开，加入焯好水的鸡爪、盐、料酒、姜片、干辣椒、八角，大火烧开转中小火焖煮15分钟，用筷子可以轻松扎进去就可以了。备一盘凉开水，鸡爪煮好后立刻捞出放入凉白开水中，等鸡爪凉后，捞出沥干水分。

调料备好后，将姜蒜切末、小米椒切圈、葱切碎、香菜切小段。取一个碗，放入2勺蒸鱼豉油、2勺蚝油、1勺醋、2勺糖、香油2勺、鸡粉拌匀，将全部材料放入锅中，加入调好的汁，拌匀放置2 ~ 3小时，味道更佳。夏天可以放在冰箱里冰镇一个小时，味道更佳。若能去骨，则是无骨凤爪。

凉拌凤爪含有丰富的蛋白质、不饱和脂肪酸、卵磷脂、亚麻酸、铁矿物质等人体必需的微量元素，食之有润肠胃、滋阴补虚、助消化、明目保肝、祛病益寿之功效，且对老人便秘、高血压和高胆固醇等疾病有特殊疗效。小孩尤其喜欢这道菜，其胶质的口感浓稠，入口软烂，十分适合小孩的口感。所以，沙洲的文旅餐饮席上，每一道凉拌凤爪都是小孩面前的残渣最多。

凉拌腐竹花生米

沙洲人做豆腐时，喜欢捞豆浆皮子吃。直到多年后，才知此物名叫腐竹。

沙洲人没有谁会做腐竹，也懒得有人去做，因为不远处的文明墟上有大把卖腐竹的店子，他们一把一把地买卖。腐竹易熟，过油煎炸后，炒菜、焖肉都是上等的乡土菜。

沙洲人聪明，喜欢用各种各样的地道风物做成美味。落花生也是，沙洲土地高温干燥，又是沙性土质，是落花生种植的好地方。地里大把种植，每年秋天，落花生熟了，晒干的落花生除了炒熟，还可以煎炸，都是下酒待客的好东西。

后来，吃惯了传统菜肴的沙洲人喜欢折腾着。根据食物的药理性，将各种风物组合成健康美味的佳肴。其中，一道凉拌腐竹花生米的出炉成了凉拌菜系中的一匹黑马。

虽然沙洲落花生个小，但口感极佳。文明墟上的腐竹中很多是益阳或者岭南一带流传过来的产物。要做好一道腐竹花生米，一要煎炸，二要卤拌。

准备食材，腐竹选用两根就够了。花生米用油炸熟晾凉备用。腐竹提前泡软，斜切成段，用开水烫一下，然后过凉控干水分备用。洗净切成丝，不要太细。接下来开始调拌，精盐适量、一品鲜酱油一匙、白糖一匙，白醋二匙。调入少许香油更入味。辣椒油里面有芝麻，够辣够香。加入适量辣椒油和花生米，拌匀即可。

也有师傅喜欢将腐竹先过油煎炸，这样煎出来的腐竹味道更焦香。用开水泡过后，很快就软化。再用刀解开，切成丝状。

不加蒜末、小米辣和小葱花，因为辣椒油本身够辣够香，没有必要加小米辣和蒜末，当然，你爱吃也可以加。

据《纲目拾遗》记载，落花生具有健脾养胃、润肺化痰的功效，主治脾虚反胃、乳妇奶少、脚气、肺燥咳嗽、大便燥结。落花生富含脂肪、蛋白质，为营养丰富的食品，并且可制作糖果、点心。煎炸过后的落花生口感脆香，入口化为醇香，下酒下饭都是过去岁月里最简朴的食物。

而腐竹也是，虽然是一种传统豆制食品，但是岭南地区常见的食物原料，具有浓郁的豆香味，同时有着其他豆制品所不具备的独特口感。

在《本草纲目》中，李时珍说，将豆浆加热时，表面出现一层膜，将膜取出，干燥后即得腐皮。腐竹的质量分三个等级，颜色越浅，营养价值越高。腐竹含有丰富的蛋白质，而含水量少，且含有类似黄豆的营养成分，如黄豆蛋白还有膳食纤维及碳水化合物等。

凉拌腐竹花生米既有碳水化合物的快乐，也有与友人对酌的陶然与自得。几颗花生米入肚，一碗沙洲米酒喝下去，纵使神仙来邀，也不过是这般自在逍遥。腐竹的嚼味、豆子的清香，与落花生生成了沙洲最朴素的两种食物的快乐，洒脱又重叠。

凉拌腊八豆

沙洲做腊八豆，是村子里一个传统习俗。腊月一过，人们就忙着准备。待到了初八这天，品食腊八豆，同时也成了十里八乡有名的“腊八豆”。

在不远处的苏仙岭良田镇，大奎上村的腊八豆算是湘南最出名的。沙洲腊八豆属于汝城流派的地方传统小吃之一。在汝城，腊鸭、湘汝辣酱、腊八豆都是节日食俗。制作材料有黄豆、花椒、盐等，具有开胃消食的功能。

沙洲制作腊八豆已有数百年历史。每年立冬后开始腌制，至腊月初八后食用，故称之为“腊八豆”。其成品具有一种特殊的香味，且异常鲜美，因而很受人们的喜爱。沙洲制作腊八豆都是以家庭作坊制作，在时间上受到季节的影响。随着文旅的兴起，沙洲人制作腊八豆实现了批量制作，目的就是让游客来到沙洲能品尝腊八豆蒸腊肉，凉拌腊八豆。

沙洲人制作腊八豆，将黄豆洗净，并撇除空皮残粒，用凉水泡胀，捞出，加水下锅，煮水时要没过黄豆一寸左右，先用大火煮熟后，再用小火煮烂。

接下来，把黄豆从水中捞出。这一过程中，煮豆水中放点盐，保存备用，摊凉放在布袋内，把布袋放在草编袋子里或其他容器里，用稻草或棉絮围裹保温，放在二十摄氏度左右的地方。两三天后，黄豆发烫，发酵长出白霉，取出晾凉。然后把豆子装在钵子里，加入原来的煮豆水。再加适量配料，按每斤黄豆加食盐一两、花椒两克，适量加入鲜生姜碎，爱食辣者加辣椒粉五钱一起拌匀；如拌时咸味不够，可以添加些食盐，最后加点白酒，拌匀。做完这些，拿一个坛子，用高度白酒将坛内擦一下，以利于消毒杀菌。再把拌匀的豆料装入坛内，封严坛口，十天后即可取食。

沙洲腊八豆可配做多种菜肴，蒸、煮、炒炸均可；荤素吃法都是佐餐美味。钵子装或者陶缸装的腊八豆既保留了腊八豆的原有味道，又能长期保存。村子里有了腊八豆，就会做非常多与之相关的食物。

做凉拌腊八豆快速又简单。

只要准备好食材，将腊八豆、大蒜、辣椒酱备好，即可现场开干，很快，一碟凉拌腊八豆便端到食客的面前。

准备食材，取一碗腊八豆。加大蒜蓉、辣椒酱、精盐适量、一品鲜酱油一匙、白糖一匙、芝麻油少许，过油一下，快速拌匀出锅。腊八豆口味偏咸，尽量少放盐。

沙洲腊八豆本身醇香味浓，依个人口味调放咸淡。如果蒸腊肉，可以略微加点酱油和味精提味。

事实上，沙洲腊八豆腌渍发酵后，蛋白质分解，氨基酸增加，风味独特，容易消化吸收。香蒜的辣味主要来自其含有的辣素，这种辣素具有醒脾气、消积食的作用。这两者料理到一起的汤既爽口，又开胃。来沙洲，一盘凉拌腊八豆，便知人间好口味。

凉拌萝卜干

在湘南地区，衡阳的安仁上司里和沙洲的萝卜干为湘南萝卜干质地较好的产物。以衡阳金甲岭的鸡萝卜干为例，这物产一出，就立即风靡一时。但凡吃过鸡萝卜的人都知道，此物从晒制到浸泡堪称湘南乃至中国经典的乡土浸泡菜系。

沙洲萝卜干主要是晒干的萝卜，是大众喜爱的一种独具风味的易保存的干蔬菜。沙洲的干菜特别多，如干笋、干豆角、干茄子、干萝卜、干梅菜等，只要你来沙洲旅行，村子里买干菜的人特别多，连桃胶、核桃都有，可谓应有尽有。

沙洲干萝卜富含维生素B，铁质含量除金针菜外高过其他食物。萝卜干用腌制的，有甜有咸，其中，咸味的咸香脆口，消食开胃；甜味的为米酒浸泡而成。沙洲干笋、干豆角、干茄子、干萝卜、干梅菜俗称“五宝”，梅菜浸泡后，又叫卜菜。与萝卜干搭配，炒任何一道菜都能百搭。沙洲萝卜干色泽金黄，皮嫩肉脆，甘香味美，目前是郴州境内享有盛名的一种泡菜。

萝卜干制作一般是在冬至前后进行，要经过晒、腌、藏三道工序。将萝卜拔出洗净，放在太阳下暴晒后用盐围实，一层萝卜一层盐，装满后上盖，再压上大石块，晚间收回。沙洲人吃辣，辣椒粉与萝卜干一起汇合，成就了独特的辣萝卜干，风味之独特，世间皆羡。

在沙洲，相传有年初冬，炎帝到嘉禾巡田，返回炎陵途中，正午时光，太阳火辣辣的，感到肚饥口渴。此时，驾祥云经过沙洲百丈岭山顶，便落下民间想讨口饭吃。沙洲百姓热情，既递茶倒水，又端来米饭。只见米饭上只有少许腌制的萝卜干，有点甜。炎帝随口问："此为何物？"主人回答："米酒凉拌萝卜干。"炎帝吃了后，顿觉味道甘甜，辛辣有劲。入嘴，嘎嘣脆。炎帝大喜，满心喜欢。炎帝临行前，遂教主人如何晒制浸泡萝卜干。此后，这里的人们便以泉水烧煮后放凉，再铺萝卜干，入瓮内，泥纸封固，时过七七四十九天，即可开瓮取食。从此，沙洲萝卜干酸咸两味成就了独特的制作技艺。而炎帝在郴州的故事颇多，如教民农耕、采摘医药、尝百草，开医药之先河。炎帝认为，萝卜为药，多吃有益。

选好食材，沙洲萝卜干、湘汝辣椒酱。将干萝卜条温水泡发洗净，切段，加入盐、味极鲜、湘汝辣椒酱及辣椒油，调味。拌匀，放入冰箱冷藏半个小时，取出来便可以开吃。注意，放生抽要少放盐，如果咸，可以适量加糖或者甜米酒酿。

炎帝在沙洲尝萝卜干的故事时代久远。在上古神话当中，虽无记载，却在民间留下不少传说。而沙洲的凉拌萝卜干慢慢地声名远扬。

凉拌海蜇丝

海蜇丝什么时候流传进入沙洲是个谜。改革开放前，这里根本没有这道菜，许是改革开放以后与岭南的交流多了，商户通过商业途径将海蜇丝引进到文明墟后，才有了新的菜系。

据悉，海蜇丝是海蜇皮切成丝状，换句话说，是沙蜇皮切的丝，一般是沿海渔民用新鲜的沙蜇脱矾后切成丝，然后脱水精制而成。

海蜇丝有很多种，具体分为锦蜇、沙蜇。其中，锦蜇是正宗海蜇，其头皮较为珍贵。沙蜇价格低。市场上的锦蜇不一定是野生的，一般是养殖的。这样，上市后，让更多普通居民能吃得起。

据店家介绍，海蜇的营养十分丰富，其不仅含蛋白质、碳水化合物、钙、碘以及多种维生素，还是一味治病良药。医学认为，海蜇有清热解毒、化痰软坚、降压消肿之功。在《归砚录》中谓："海蜇，妙药也，宣气化痰、消痰行食而不伤正气。故哮喘、胸痛、症瘕、胀满、便秘、带下、疳、疸等病，皆可食用。”加工后的产品，称伞部者为海蜇皮，称腕部者为海蜇头，海蜇皮的商品价值高于海蜇头。

沙洲做海蜇丝方法简单，也颇为湘菜手法。备好食材海蜇丝、大蒜、葱花、白芝麻等，开始制作。

海蜇头先用清水浸泡半天或一天，其间换几次水。海蜇头清洗干净后，用开水烫一下，切成丝并挤干水分拌入芝麻油、盐、味极鲜酱油、醋、糖、花椒油和熟白芝麻。拌匀后撒点葱花点缀即可。

沙洲海蜇丝一定要用辣椒粉烧红油淋上，加些许生抽、胡椒粉和味精。在湘菜里，胡椒粉是去腥的好物，凡是有腥味的水产，只要胡椒一出手，腥味瞬间消失。

在做这道菜时，基本不用盐。因为海蜇头是泡在盐水里的，所以食用之前一定要浸泡，否则会很咸。调味料可以根据自己口味来调拌。

沙洲人也有另外的做法，加一点湘汝辣椒酱更具汝城菜的特色。海蜇丝入口时，特别脆爽，入口即嘎吱嘎吱地响，嚼起来特别劲道。

当牙齿与海蜇丝碰触的瞬间，有着一种莫名斩断与决绝、与世间的隔离的快慰感。你很难辨别出，在这一瞬间，会有什么不能连根斩断的意乱情迷，即使有，吃上一口，你便能体味出生活的复杂与斩钉截铁的味道，如此快意，又如此果断。

凉拌猪手

在沙洲，村子里四只脚行走的动物除了猪、牛、狗，还有马、骡子等。

改革开放后，只剩下猪、牛和狗，而马、骡子越来越少了。连猪的饲养都成了规模化，不再像过去那样家家户户散养，一年到头靠一头猪满足一家孩子的上学、新衣等要求。

沙洲人喜欢滋补、治病，保养身体，按中医的话说，以形补形的食疗文化深入人心。食猪蹄能补人的两脚，尤其老人，要脚步如飞，得吃猪脚。年轻脚要是崴脚，也得吃猪脚，才能够补充能量，使人步履轻健、腿肌有力。

事实上，在湘南地区，老一辈人吃猪脚的习惯古来有之。安仁的草药炖猪脚就是春插犁田，更能走步如飞。在沙洲，老人一生积劳，肾精虚损，常有腰酸、腿软、驼背、步态蹒跚等衰老现象。年迈胃液不足、肺气虚衰、皮肤常现干枯、皱纹、斑点及毛发花白。气血弱、活动少，导致肌肉萎缩、疮疡难愈。冬令进补，多吃猪蹄，衰老就可大大推迟。逢年过节，炖猪脚更是一道经典名菜。

沙洲凉拌猪手，先备好食材猪手、大蒜、小米椒或者芥末。

生猪蹄清理干净后，用刀在前趾处切一刀。再在猪蹄的“腹部”深切一刀。顺猪蹄纵向再切一刀，方便入味。锅里倒入足够的清水，放入拍碎的生姜，加适量精盐大火煮开后，改小火煮四十分钟。煮好的猪蹄晾凉后，用清水反复浸泡去油腻。把浸泡好的猪蹄用刀分解成大块。红尖椒洗净后切圈，大蒜切末。把切好的猪蹄、蒜末、小米椒圈盛到干净的小盆里，撒上香菜段。取干净小碗，倒入一汤匙白糖、一汤匙生抽，撒上适量精盐，倒入二分之一汤匙陈醋，撒上少许麻椒粉。根据大人喜好倒入适量料酒。把调好的味汁倒入盛有猪蹄的小盆里，调入一汤匙红油，拌匀即可。

猪蹄煮好后，晾凉用清水浸泡、冲洗，可去油腻。猪蹄中的胆固醇含量较高，因此有胃肠消化功能减弱的老人一次不能过量食用；而患有肝胆疾病、动脉硬化和高血压的人应当少吃或不吃。若是图简单，可以直接改芥末拌。这样的口味更奇特。

据《随息居饮食谱》载：“猪蹄能填肾精而健腰脚、滋胃液以滑皮肤，长肌肉可愈漏疡，助血脉能充乳汁，较肉大补。”据研究，猪蹄富含蛋白质，脂肪，钙，磷，铁，维生素A、B、C、E等，有利于调理脚气、关节炎、贫血、老年性骨质疏松等疾病。

猪蹄煲得烂熟，皮肉分离，肉绵皮胶，骨髓漏出，入口易化，脱牙的高龄老人也能饱享此口福。不过，猪蹄属高脂、高胆固醇食物，患有动脉硬化、高血脂、高血压、冠心病和肥胖症者不宜多吃。凉拌猪手则不更软烂，保持韧性，才能嚼起来有劲。

由于猪蹄功效多，猪蹄和猪皮中含有大量的胶原蛋白质，它在烹调过程中可转化成明胶，使细胞得到滋润，保持湿润状态，防止皮肤过早褶皱，延缓皮肤的衰老过程。猪蹄的营养价值还有更多，对消化道出血、失水性休克有一定疗效。因其胆固醇含量高，故不能过量食用。

猪手切片状，佐以芥末，风味独特；若是与辣椒粉一起食用，那味道更是奇特无比。

NO.85

凉拌折耳根

在沙洲，说起折耳根，可能很少有人知道。但若是说鱼腥草，则老少皆知。

村子里的鱼腥草多到数不清。无论是田埂上、小路上，还是山坡上、草地上，四处都有鱼腥草的影子。

这货又名折耳根、鱼鳞草、臭草，三白草科蕺菜属植物，因其茎叶搓碎后有鱼腥味而得名。沙洲的鱼腥草茎呈扁圆柱形，扭曲，表面棕黄色，具纵棱数条，节明显，下部节上有残存须根。在过去的岁月中，就连到水井挑水的路上，每一步都能遇到鱼腥草。此物生长力强，质脆，易折断。其叶互生，叶片卷折皱缩，展平后呈心形，先端渐尖。叶面极易认识与分辨，上表面呈暗黄绿色至暗棕色，下表面呈灰绿色或灰棕色。叶柄细长，基部与托叶合生成鞘状。穗状花序顶生，黄棕色。

沙洲村的水沟旁、小溪边、田埂、背阴山坡及湿地草丛中，在每年夏秋季的茎叶茂盛花穗多时采收，除去杂质、残根，洗净，晒干或鲜用。

沙洲人之所以爱上了凉拌折耳根，完全源于来沙洲的四川人、贵州人多了，他们对折耳根的喜欢超越了湘菜。

备好食材折耳根、大蒜、小米椒，即可开干。

折耳根去掉老根，须也掐去，留下嫩白根及叶片。折耳根没有叶片，须去得也不是很彻底，沙洲人不掐须。用清水多洗几遍，洗净泥沙，用冷水浸泡十分钟，捞出控干水分待用。洗净的折耳根里拌入盐，用手抓匀，腌制片刻，之后把腌出来的水倒掉。备好自制的蒜蓉豆豉辣酱，一盘地道的湘式折耳根便可端上桌了。

折耳根算是绝对的健康食品，而且拌菜、拌面味道一绝。如果没有蒜蓉豆豉辣酱，就用老干妈代替。汝城人做这道菜，更喜欢用湘汝辣椒酱，拌起来更有乡土气息。

若是自己加工，将蒜蓉豆豉辣酱里放入提前剁好的姜末。将适量白糖、生抽、香醋、香油、花椒油、盐、鸡精、白芝麻放入蒜蓉豆豉辣酱里，调料可根据个人口味酌情增减；浇在折耳根上，食用时拌匀即可。

瑶厨的师傅说，折耳根一定要用清水多洗几遍，并且要用冷水浸泡片刻，不焯水。用了蒜蓉豆豉辣酱，就不用放红油了。没有花椒油，可以在炒锅里倒入适量植物油烧热，将花椒放进锅里，小火炸香，摒弃花椒。

凉拌折耳根含有蛋白质、粗脂肪、可溶性糖、灰分、膳食纤维、胡萝卜素、维生素C以及钙、磷、钾等矿物质，具有清热解毒的功效。由于性寒，脾胃虚寒及风寒感冒者最好不食用。

食用后，可以清热解毒、利尿消肿，有很高的药用价值。也正是因为这些利好，沙洲的凉拌折耳根成了一道时尚的药食同源经典菜。

凉拌甘蓝丝

如果不是来沙洲的农学博士告诉我，我还以为甘蓝是本土产物。

去年，我去沙洲村，遇到湖南农业大学的农学博士。他们到沙洲村考察蔬菜种植，大抵是来村子里助农振兴的。

农学博士告诉我，甘蓝是一种非常古老的蔬菜，早在四千多年前的古希腊罗马时代，人们就开始把它们做成美味佳肴了。在欧洲，在那些贫瘠寒冷的白垩岩的荒草滩上依然能看到野生的甘蓝在生长。

大约16世纪中叶，甘蓝从南北两路传入中国，现中国各地均有培育。沙洲有最早的茶马古道，大抵是从欧亚大陆引进的，算是南岭地区最早的种植地之一。

甘蓝种植比较容易，与白菜种植的时间差不多，方式也特别相似。甘蓝为草本植物，茎肉质，矮而粗壮，不分枝。叶片多，质厚，层层包成球状体，为乳白或淡绿色。花瓣淡黄色，为宽长倒卵形或近圆形。果实为圆柱形，两侧稍扁，果柄直立开展。甘蓝因可以做蓝靛染料而得名。此外，甘蓝虽为蔬菜，但由于叶呈蓝绿色，故也称蓝菜。沙洲人喜欢将甘蓝叫作甘蓝白、紫甘蓝，或者甘蓝包菜。

做一道凉拌甘蓝丝手法简单，做出来的味道却各异。备好食材（分甘蓝菜紫色及白色两种），再准备大蒜、小米椒。

将两种甘蓝菜切丝，然后放在清水里洗干净，沥干水分装在大碗里，把花生米压碎，大蒜瓣切成末，然后把蒜末和花生碎撒到甘蓝菜上，再加入调料盐、生抽，加点醋拌匀，再挤上番茄酱再次拌匀就可以了。可根据个人口味加酱料或者配菜在里面。

在大城市里，很多高档酒店的自助餐里，拔丝甘蓝丝几乎都是生吃的，甘蓝算是一种健康蔬菜。

甘蓝菜之所以如此健康，主要缘于其药用价值非常高。甘蓝叶的浓汁可用于胃及十二指肠溃疡的调理；甘蓝菜所含的植化素可以作为重要的抗氧化剂和抗炎相关慢性疾病的预防，包含癌症。此外，其对于冠状动脉疾病有极大的理疗作用，对于改善胃溃疡，改善血糖、血脂有着极大帮助。

这道凉拌甘蓝丝推出后，受到食客的追捧。沙洲因土地沙性，种出来的甘蓝受到高山严寒的考验，其品质尤为出众。

百味沙洲

第三辑
寻味篇

满是幸福味道的食堂

诚然，红色沙洲是湘南红色革命纪念地建设新范本。沙洲瑶族百姓搭帮徐解秀老人，她的善良让沙洲村有了新的历史使命。

每次去沙洲短暂旅行，映入眼帘的不仅仅是沙洲的牌坊、蜿蜒的滁河水、青砖灰瓦的瑶族民居，还有更多未知的感人故事在这里不断发生并叙述。沙洲的生态、自然、社会、惠民等方面所展现的大美使其散发出更加绚丽的光彩。

在沙洲村，我几次到长者幸福食堂探看。据我所知，这是市委驻沙洲村工作组为真正把老年助餐服务办到群众心坎上，解决老年人饮食起居的问题，建成沙洲真正的惠民“幸福食堂”。

沙洲如何走是方方面面都要思考的发展大考。沙洲村长者幸福食堂投入使用后，满足老年人多层次、多样化的就餐需求，精心打造老年助餐服务暖心工程，用便利周到的服务守护老年人舌尖上的幸福晚年。

每天上午不到十一点，沙洲长者幸福食堂就开始热闹起来。厨房里的师傅在烟火气中尽情烹饪。此时，老人们也三三两两来到食堂大厅，一边坐着聊天、闲谈，一边等待工作人员把荤素搭配均衡的美食端上桌。大家自觉排队，打饭围坐一起，边吃边聊，其乐融融，十分温馨。

一直以来，市委驻沙洲村工作组为高质量实施品质养老民生工程，确保沙洲村老年人老有所依，吃有所保，开办的长者幸福食堂针对六十岁以上的原居民实施梯级关怀。六十岁以上的每餐象征性收取两元费用，七十岁以上的免费。这种助餐敬老的贴心服务可谓惠民有力、掷地有声。沙洲村长者罗印兰婆婆说道："在保障老人膳食健康的同时，食堂在菜品设置上也多考虑老年人身体因素，菜品口感以松软为主，尽可能让老人吃饱、吃好……"

沙洲村长者幸福食堂负责人尹利清说，长者幸福食堂意在解决沙洲村独居、空巢、高龄以及自理能力较差等老人饮食起居问题，提供相对营养均衡的饮食结构。他还说，自开办以来，每天来食堂就餐的老人络绎不绝，广受好评。

在笔者看来，"小"食堂背后折射出"大"民生。沙洲长者幸福食堂把贴心服务落到实处，真正把好事实事办到群众心坎上，受到了沙洲百姓特别是老年人群体的广泛好评。

红色沙洲长者幸福食堂解决了村里老年人的就餐难题，这已经不是什么新闻。市委驻沙洲村工作组的初心是惠民、助老。在这样一个时代背景下，这些助力活动完全是一次触及灵魂的感动。人民需要什么，我们的党员干部就奉献什么、服务什么，这才是值得歌颂与书写的时代颂歌。

今天的沙洲村得天时、地利、人和，一个简朴的长者幸福食堂反映出国之昌盛、为民为老的新时代乡村建设的宏大叙事。市委驻村干部敢于创新，如春风送暖。这种厚德、向善、和谐的举动内化于心，外化于行，从而成就了今天沙洲幸福、向美、至善的独到美感。

以仁民爱老之心，以助力乡村发展的情怀，绝对是沙洲百姓之福、沙洲之幸。

红色沙洲瑶家宴

从广东出发，韶关、清远经历左右几条并行高速线。不管哪一条，都可以车行郴州。从韶关向右走，便沿着粤赣高速前行，再拐弯沿着平汝高速前行。这里正好是南岭山脉，是真正意义上的分水岭。一路上山路弯弯绕绕，偶尔从两侧向外一看，高天流云，苍山葱翠，高山峻岭中，万千白云如轻纱般徐徐汇聚在山之巅。

过了仁化丹霞山，再向前一点，山峦更加迷人。沿着这条路，不久就进入汝城。平汝高速的路始终蜿蜒曲折，忽而开，忽而合，山峦始终以一种迷蒙而青翠的姿态交融在一起。过了汝城县城的指示标，便可右拐，向夏蓉高速行驶，不出三十公里，到了“半条被子”发生地之红色沙洲村。

说来也巧，我是在今年“五一”劳动节前的一个晚上到沙洲村瞻仰。到了沙洲村，当夜入住在一个民宿。第二天起床，围着沙洲村闲转，近八点到“半条被子”广场上时，遇到驻沙洲第一支部书记。虽然多年未见，但谭书记依旧一见如故。早上，与谭书记交谈了一会儿，我当时与某报刊沟通写沙洲村的故事。我个人则想把沙洲美食通过沙洲日记这个平台向外推广，也算是为省第二次旅发大会在郴州的另一面宣传，为沙洲美食正名。

听谭书记细数沙洲村的风土人情事物，宛如一次精神再返乡。当时听罢，心里不免好奇，也夹杂一些疑问。谁知，第二次向沙洲之行过后，沙洲美食成了一个系列。沙洲美食中，首推沙洲瑶家乐农庄。

随后，我去沙洲瑶家乐农庄拜访李根良先生和其爱人黄红梅女士。李根良系不远处的资兴人，黄红梅则是实打实的沙洲村人。早年这两夫妻在资兴市黄草镇小东江湖经营一家农庄，生意做得蛮大。2017年9月，沙洲瑶家乐农庄兴建。参加招商活动后，两夫妻说，当初盘下来店铺经营，心里七上八下的，很难估计未来形势。

瑶家乐农庄可谓依山而建，傍水而居，传承了汝城瑶族民俗村落的四合院建筑风格，古香古韵，山水相映，浑然天成，是集食宿、度假旅游、观赏、培训、会务于一体的五星级特色休闲庄园。自招商后，李根良和黄红梅夫妻铁了心要拿下这里，以期做成观光休闲、旅游度假、宴席、迎宾、培训拓展等活动的理想场所。目前，农庄有专业厨师和服务团队，可同时接待600多人用餐需求，是沙洲村最具规模的餐饮龙头企业。2020年9月16日，国家领导亲临考察沙洲，接见了黄红梅等。以后，这家农家乐将延续生态发展路线，传承红色基因，听党话、感党恩、跟党走，致力于将沙洲瑶家乐打造成红色经典。

你若是去沙洲村游学，一定要去沙洲瑶家乐去蹭上一顿美食，那滋味亦是百般舒畅。去农庄点菜吃饭，人还没进门，门口的花开得娇艳，有紫薇，还有很多乡间青翠相间的植物。站在堂屋中央，宛如天上人间，如梦如幻。只见楼阁花密，流水隐其中，窗外青砖铺地，屋檐青砖黛瓦。

加之村子里古朴清幽的青石板路，家家户户门口的花盆与远山的、近处的绿意融合一起。站在二楼，推开窗子向外看，四下的大树叶子透出一汪汪翠绿。往下看，竹篱吊着的花篮嫩生生下垂妖状。此外还能看到滁河的水缓缓流过村子边，恰似一幅幅水彩画随意铺陈，十分养眼怡心。

这里就是瑶家乐农庄的所在地，一个让人不想走、吃了还想吃的好地方。

沙洲村地处百丈岭山脚下，这座山的山势蜿蜒，连绵不绝。崇山峻岭之间，各种野果丛生，野草遍地。纵使夜晚，这里高山上昼夜温差大、空气清新，再加上文明水库，这里灌溉的都是可直接饮用的山泉水，连蔬菜都格外甜美。瑶家乐正是处在这样的美景之下，鸡鸭禽畜是散养的，鱼虾水产都是自捞的。你去沙洲一眼看上去，四处都是原生态的。进山坳、探竹寮、访山潭，足迹行遍沙洲，但见菜畦处处，瓜果遍布，豆荚垂绦，植被茂密。就是这样一块曾经宁谧的山地，正在发生喜人的变化。

吃饭时，随手可点的菜肴，如军民鱼水情深、折鸡蛋双拼、水煮活鱼、仔姜炒鸭、胡葱炒蛋、盐菜扣肉、红烧猪脚、小笋炒肉、文明水豆腐、小炒黄牛肉、青椒炒五花肉，等等。随口一入嘴，满口香。我后面几次去瑶家乐，每次都去寻找故乡美食的好去处。我想，在沙洲，所有的郴州游子都能寻找难解之乡愁。

正如黄红梅所说："当初我放下东江湖的餐饮，正是看到这一点才下决心过来投资农庄的，宗旨就是要让绿色生态走进沙洲，按照传统有机的方式种植各种蔬菜、精心养殖家禽，为人们提供优质安全的农产品，要让老百姓来沙洲就能享用健康、安全的生态蔬菜。"

当沙洲村袅袅白云，在山间飘移，这时，你会发现，这里总是有各种各样的飞鸟飞过。它们无论是从林中腾起，还是在树梢上飞起，仿佛像李根良和黄红梅良夫妻一样，把梦飞过头顶，飞过百丈岭。

李根良比较寡言，几次采访他时，总共不下十句话。但有一句让我记忆犹新，他说："其实，我们最高兴的事是能看到这里的父老乡亲越来越幸福，来沙洲游学的人过来，能有儿时的味道。"

而我则想起那次快到傍晚时的采访现场。太阳西斜，天边的云朵全都镶上一道道绚丽的金边，在远山边时隐时现。沙洲村的田野中正暮色苍茫，夕光映照在“沙洲瑶家乐农庄”的红色大字上。当时，我心中充满了欢喜，也看到了沙洲村中闪亮的希望。

NO.89

沙洲晒秋

秋天正是沙洲丰收的日子。田野中，第二季的水稻正弯着腰，硕大的果实在枝头挂着，菜地里的辣椒、豆角、茄子、苦瓜、丝瓜都处于丰收鼎盛期。其中辣椒追赶着光阴的脚步，快速成长，红通通的一片。

每年秋季一到，沙洲百姓最喜欢晒秋，把地里的物产晒干，作为入冬前的序曲，这是沙洲人喜悦的时光。

沙洲村的晒秋各自精彩。村子里各种各样的竹箕、晒箕、竹篙在村里的空地上见缝插针地摆上，里面放置着煮水加工的豆角、辣椒、茄子等。每当早晨阳光来临，村子里的人便早早把这些物资错落有致地摆放着，高高低低的、一排排、一片片的，红的、黄的、绿的、青的、紫的，煞是好看，就像村子里各种各样的符号。有圆形的、长方形的、不规则的，看着看着，就不由得像一个生活的感叹调。

在沙洲村，晒秋不只是一个节气的味道，更是一个季节里漫长晾晒的过程。晾晒意味着丰收季节即将过去，冬天即将到来。这个看似简单的晒秋活动，实则不是一个轻松的活。立秋过后的日子，恰逢初秋，沙洲的太阳依旧像三伏天一样，有时太阳甚至更猛烈。庄稼人喜欢这种天气，沙洲百姓喜欢太阳的刚烈，越是这样，晒秋就越能顺利完成。要想在一个好年份把晒秋做好，就只能争分夺秒地把地里的物产全部收拾上岸，该晒的晒，来年的坛子里、菜碗里总是不会缺什么，有什么遗憾。

晒秋的早上，妇女们要早起。有时，为了赶在太阳底下晒秋，就得站在耀眼的太阳底下，头上戴顶草帽，一边摆铺着东西，一边脸上的汗水直冒。在沙洲村，村子晒秋最多的莫过于晒干豆角、干辣椒，而白辣椒则是一场盛大的戏码。晒白辣椒，趁早采摘后，回来清洗，置开水中煮了后，用盐炮制时间要足，才能赶在太阳底下晒秋。而白辣椒摆放却是个苦活。用筷子或者手把白辣椒从缸子里捞起，再一个一个地平铺在竹箕上。这活费事极其需要耐心。每逢晒秋，村子里的人晒白辣椒，汗水湿透衣服，皮肤也会晒黑好多。而他们全然不顾，要赶在晌午时光，翻晒一遍。

地里的花生、板栗这些也是，刚刚收完，便到了秋收时节。村子里的人忙碌着，没有一刻闲着。割完晚稻，又是一场重大的晒秋。晚稻是沙洲人最好的口粮，晒秋好坏直接关系一个家庭里一年餐桌上的大事。村子里的村民把收获回来的稻谷用钉耙、竹耙等谷子铺开，均匀地晒在禾坪上。每每到了中午时分，老农打着赤脚，在稻谷中撩出一道沟子，像犁铧在泥土中划过一样，身后的稻谷便展现出浅浅的波纹。这样的晒秋，稻谷更容易排出水分，早早干掉。

每当这时候，沙洲村人更陶醉在晒秋中，那古铜色的脸上写满了收获的喜悦。我曾在小时候经历过这种活动，明白村子里的人在经历过春种、夏管、秋收、冬藏这四部曲后，更加能体会到那种收获后发自内心的满足感。颗粒归仓，秋收在望，是村子里的人用勤劳和汗水经营着一年的好收成。

有时晒秋充满变数，遇到坏天气，十分沮丧。很多时候，湘南的秋天说变就变，一会儿晴，一会儿雨。晴了，放歌晒秋；雨来，抓紧抢收。村里的人总喜欢出门观天色，把帆布、塑料布放在晒秋场边。实在不行，冒雨也要抢收。

过去，晒秋人喜欢守夜。拖一把靠椅放在晒秋场边，一边煮着花生，一边嚼着刚刚摘下来的板栗，好点的人家还会煮上一壶茶园里采摘的明清茶，与左邻右舍闲谈村子里的陈年往事。在物资匮乏的年代，守夜人一是怕偷，二是怕下雨。下半夜，东一个晒场，西一个晒场，总能看到这样的场景。这时候，村里的狗也特别卖力，不时东一声，西一声地犬鸣。

如今，沙洲村的社会风气好，人们也幸福起来。村子里晒秋，再也没有人守夜了。一切美好，皆因幸福所赐。晒秋时节，月夜下的沙洲凉风习习，在月色溶溶、星光点点的沙洲村，广场上宁静而美好。各种各样的晒秋物资伴着皎洁的月光，在蟋蟀、青蛙及飞鸟的鸣叫声中，安然地躺在沙洲广场上。那些晒秋后的物资也会在随后的时光中，将沙洲人的生活打发得更加富足醇香，又厚重开来。

沙洲煎米花

在“半条被子”发生地——湖南汝城红色沙洲村，春节最隆重的事务莫过于杀年猪、炒花生豆子、做豆腐、煎米花。这些几千年的传统在村子里是盛大的事务。一个人乃至一个家庭对春节的重视无不在节前的手工活上体现出来，这些古老的传统让红色沙洲焕发出新的生机。

沙洲煎米花，选材于沙洲水土种养的早稻米。一架石磨，一个锅子都是家中的老物件，设施之简单，偏偏磨出了人间美味。爱吃、会吃、讲究吃的沙洲瑶族民众，每每端出米花来招待家中来客，无不露出笑容。

沙洲煎米花用的早稻米是村子里的原生态食物。主要原料取材于早糁米，用料简单。但其制造工艺精细讲究，具有特殊的制作过程。早稻米经过石磨磨成粉，再拌水掺和搅匀。待米粉和水中和后，开始用力搅拌，直到米粉成团，不粘手，再切成小条状，用手搓匀后，捏成一朵梅花状。起锅，柴火烧热后，倒入猪油，直至油冒着丝丝热气，将捏好的米花放入锅中煎炸。煎米花要注意油温，不能煎老，使米花发黑。要煎好米花，眼力要好，手脚麻利。一个大锅煎米花，有数十个之多，锅中嗞嗞冒油，女主人眼疾手快，不断翻转。一个上好的米花需要煎两次，这样更酥脆香甜。家庭宽裕一点的人家，会用茶籽油煎炸米花，茶籽油的清香能穿过屋后的烟囱，飘散在村庄的上空。每当这时，村里的小孩在户外玩游戏，一边喊，一边唱："米花儿香，米花儿甜，米花儿做好，好过年。"

在沙洲村，寒露一过，村子里做喜事的、打牙祭的、远方有亲人的都会煎米花。新榨的茶籽油一出，村子里的人忙着张罗架磨开工。沙洲人好客，煎米花也是一种维系邻里关系，向往美好生活的民间食俗。大集体时代，家家户户都吃生产队里的口粮，还有分配的杂粮作物，温饱之余，煎米花更是一件幸福的事。女人们在农闲时节，展示才艺，不仅仅是缝衣纳鞋底，各种各样的农家厨艺亦是美好生活的向度。

煎米花出锅装盘，要趁热分给身边的亲人吃，拿到嘴边时，热气仍腾腾上升。咬一口，会满嘴醇香。吞到喉舌时，那种欲罢不能、欲吞难咽的烫劲让人哭笑不得，直烫得人眼泪直流。若不急，略放凉一会儿入口，则恰到好处。即便是冬天，看似不冒热气的煎米花炒唇齿留香，金黄的表皮外酥里嫩，食者无不回味无穷。

遇上好客的人家，来帮手的人会捎上一篮子回家。一时间，村子里煎米花香甜四散。在村头、在巷味间，行走的米花香气成为小村里最珍贵的记忆。每每有人用嘴巴轻轻吹散煎米花的热气，再一个一个地吃着，慢慢地咀嚼着、吞咽着，让别人家的细伢子看得口水直流。等他们吃完，再抹抹嘴巴，便又投入更为轻快和逍遥的童趣之中。

如今，故乡人的生活明显好起来了，家家户户的物产也丰富起来了。新生一代的人更会做煎米花。她们善于创新，把芝麻、豆子一起加入，使得味道更加丰富起来。新生代的沙洲媳妇和姑娘让沙洲煎米花成了沙洲红色旅游的亮点。在红色沙洲景区的核心区，许多摊位前都摆放着煎米花。

在游客的眼里，虽然煎米花不能与山珍海味、鱼翅熊掌相媲美，但正是因其传统地道与平民化的身份，更能出入平常百姓家，受到民间的厚爱，成为红色沙洲百吃不厌的小吃，以及生活气息不可或缺的美食。

NO.91

藏在民俗里的沙洲美食

如果不去沙洲，就没法儿见证香火龙的盛况；如果不去沙洲，就不会体验到香火龙的震撼；如果不去沙洲，就不会感受到沙洲人对龙的热爱和图腾；如果不去沙洲，就不会吃到藏在民俗里的沙洲美食，感受沙洲人对生活的热爱。

新年去沙洲，有幸在村子里遇到香火龙活动，初看亲近鲜活，百感交集，再看思绪万千，何其震撼。虽然从小看见舞龙灯的、舞狮子的，乡情故物的牵挂一直缠绕在心头，但当看到舞香火龙，内心的触动恍如时光之门戛然洞开，瞬间将岁月之舟回溯到古老的久远岁月之中。

许是今年是龙年，国人爱龙、敬龙、叹龙、仰龙有说不清的情愫。自古以来，龙是国人的崇信神物，一直被朝野士庶尊为万灵之长。龙可谓不仅是吉祥的象征和图腾，更是中华儿女的精神图腾和崇拜对象。五洲四海，皆称之为“龙的传人”。

龙是虚无的，一直活在我们的精神日常，比物质活得更有意义。故乡关于龙的事物多，邻县安仁的琢鸡婆，又称米塑。龙是首琢之物，乃天象物种。湘南的舞龙灯亦是图腾并兴，祈求新年丰顺如意。沙洲的香火龙是汝城香火龙的延伸，但是以独特的民俗技艺存立于世。

汝城的香火龙由汝城乡村的民间艺人们用稻草、竹篾、藤条、树枝等编扎成龙的骨架，俗称赵公鞭。由龙头、龙身、龙尾组成，造型与传说的龙一样，并在龙的身上插满已点燃的香火，由舞龙者在夜间挥舞奔走，使密集的香火在龙身上呈现红色火光而闪烁变幻，故名“香火龙”。汝城香火龙不仅是一种造型威武、结构精美、技艺精湛、场景壮观、气氛热烈、独具特色的传统民俗综合表演艺术活动，也是特定在元宵节期间举办的一项民俗娱乐活动，2008年被列入国家级非物质文化遗产项目。

在汝城民间，“香火龙”的起源非常古老而又神奇。传闻宋朝时，汝城连年水灾，民不聊生，乡民扎草龙烧掉，以求消除水灾。于是，制稻草龙便成为习俗沿袭下来，成了一种传统民俗娱乐活动。千百年来，每年新春佳节之际，各村举行舞龙活动，庆贺丰收，祈求风调雨顺、五谷丰登。春节到元宵，日日都是喜庆的，只要村子里的人想舞，香火龙就会鲜活起来。

沙洲的香火龙制作很讲究，先用稻草扎成长数百米、直径4厘米的“赵公鞭”待用。按照设计图分节依次用赵公鞭扎成龙头、龙颈、龙身（讲究每节一拱）、龙尾，再在规定位置扎上龙足、龙爪和龙脊（圆龙不现足）。龙头结构复杂精美，先生角，次生嘴，依次是龙须、龙眼、龙耳、龙牙、龙鼻、鼻须、龙额、龙珠，环环紧扣，形成整体。整条龙插上香后，只要点燃香火，就开始燃放着火焰。在舞动的过程中，随着风速的加大，香火更加旺盛，那磅礴的气势宛如腾空的蛟龙在黑暗的夜里找寻光明。

沙洲人对香火龙的敬畏不光在制作的技艺中，在舞动前，对香火龙举行的祭拜仪式是舞香火龙的重要部分。村子里的舞龙人以洗手净身之仪来表达对龙的敬畏。舞香火龙有一套完整的程序：舞之前要到祠堂举行祭祖仪式，设案、焚香、作揖、施叩礼，这时，村民一脸虔诚郑重，绝无一点嘈杂嬉闹声，仪式过后，将龙抬起在祖祠前叩首三次，方可“舞龙”，沿街的人家要燃放爆竹谓之“接龙”，按规定的路线舞过后，又回到祖祠前，龙首居中，盘成三圈，村民扯香后，即烧龙谓“化龙”“龙归天”。次日清晨将龙灰倒入溪流中，寓“龙归大海”之意。

在香火龙活动中，村子里要举行盛大的宴席，全村男女老少都要按照红喜的十碗荤摆席设宴。活动开始前，村子里的大厨要提前一天制作美食，鸡鸭鱼肉，缺一不可。村子里香火龙活动，必有吃的环节，从而体验香火龙的多元性。开席前，先敬先祖，仪式之隆重是沙洲民俗的延伸，主要祈求国泰民安，生活丰顺。

此时，整个沙洲村就像一个大家庭，大家团团圆圆，感受这香火龙带给大家的欢喜，感受酒足饭饱带给他们的激情和惬意。

千百年来，汝城人民以村为单位，年年都有舞龙的盛会，各村都有一整套的相关器具、锣鼓点子和唢呐牌子，虽大致相同，却各具特色、丰富多彩，在文明瑶族乡文明片区沙洲村、韩田村、秀水村、文市村等村尤为盛行。

香火龙因龙而意味着吉祥，因火而昭示着兴旺，成为沙洲人祈盼兴旺昌盛和美好吉祥愿望的一项民俗文化活动。在夜间，全身上下都是香火的草龙在乡间舞动，火龙奔腾跳跃，姿态变化多端，景象蔚为壮观。沙洲香火龙以祈盼年年吉祥、风调雨顺、幸福安康为目的，已经成为一种历史的传承。

舞香火龙是一项体力加智力的较量，舞龙手为了让龙舞出神韵，凸显龙的精神境界，不仅需要龙头、龙尾和各节龙身之间配合默契，技巧灵活才能达到，更需要表演者通过长时间的演练、磨合，才能在挥舞的过程中真正做到潜跃翻滚、蜿蜒游动，浑然一体。而他们的穿着也十分特别，有防护的衣服。舞龙时，举龙头和摆龙尾的人是关键，舞龙人都是村子里精挑细选的壮汉，身体灵活，有耐力和韧性。还要一帮替换的人马，做到体力与耐力并举，一场香火龙，既要有补充的劳力，还要有补充的香火。这种独特的闹春民俗亦是汝城沙洲人优秀的传统文化习俗，不仅充满了浓厚的沙洲乡土气息，表达了沙洲人勤劳、勇敢、淳朴、善良的本质，而且充分体现了沙洲人团结奋进、不屈不挠的精神风貌与美好生活的追求愿望，是沙洲人逢年过节喜闻乐见、代代流传的民间传统艺术形式之一。

而今，沙洲人舞香火龙越来越受到世界的关注，相信这一文化习俗更会受到现代人的追捧，其鲜明的体育文化特征及深厚的社会功能将在华夏文明的历史长河中绵长起伏！

当然，此时我也恍然就是沙洲村的一员，从香火龙的舞动中感受到民俗里的美食是那么丰富有味。

沙洲汤圆甜

节日里，人在岭南，不忘沙洲。沙洲友人朱老哥亦是，不忘在元宵节给我发来祝福。

初识朱老哥是去年三月底。我去沙洲时，与朱老哥相识、相知。这位前沙洲村党支部书记博学多才，算是村子里的文化人。我每次去沙洲，都要和朱老哥拉拉家常，说道说道沙洲的风土人情，风物美食。久了，这份情谊就深了。偏偏这次不同，我在朱老哥的微信里看到他过了一个不同寻常的元宵节，舞龙灯，舞狮子，吃汤圆，品美食，好不快哉。

我遂探问朱老哥，沙洲汤圆是自己做的吗？回答当然令人惊喜，大部分年轻人买商场现成的，一些上了年纪的沙洲人却自己在家做汤圆。这让我想起少年时，外婆在世，叫母亲一起做汤圆的情景。

在湘南，汤圆与外地的不同。湘南村子里的女人勤劳，从磨浆到备馅，用自家种的米、芝麻、豆子、花生。只要一个下午，白花花的汤圆便搓满了一米筛。每年到了正月十五，天蒙蒙亮，母亲就架起石磨，将浸泡好的糯米磨浆，一边喂米，一边推磨，米浆哗啦啦地流到木桶里。趁米浆沉淀前，炒芝麻、豆子、花生，用石碓擂碎作为拌料。待下午米浆沉淀后，开始捞出米浆团，用手搓团。将备料包在中间，一个个汤圆就摆放在竹篮之中，白花花的一片，令人看了不禁肃然起敬。

到晚上，村子里舞龙灯的、舞狮子的、练武的纷纷走出村子的核心地带，多半在生产队或者村委会的空旷之地。锣鼓一响，这是演出或者比赛的前奏。这时，每一户家庭的炊烟开始袅袅升起。烧柴火，锅子里的热水翻滚，下汤圆，煮汤圆。锣鼓响了第二遍，亦是催客，大抵是演出马上开始，各家各户快来。

煮汤圆不难，全凭水煮开。汤圆下锅后，用铲背顺势一转，以免粘锅。只要煮熟，汤圆就上下翻滚。母亲就吆喝着，拿碗装。有喜欢吃糖的，加糖；有喜欢吃胡椒盐味的，加胡椒和盐。再撒上几点葱花，白的、绿的，热气腾腾。记得小时候，舀起一个往嘴里送，直接被烫得嗷嗷直叫。到第二个汤圆，开始不断地用嘴吹。少了，生怕吃不饱；慢了，又赶不上村子里的龙灯和狮子大戏。此时，第三遍锣鼓一响，村子里闹元宵的大戏正徐徐上演。

沙洲人的元宵竟然有传统的汤圆，这让我很感慨。我看着朱老哥吃的汤圆照片，馋涎欲滴的样子，竟然想去盛一碗，那种不吃不痛快的感觉瞬间涌上心头。

这些年，去沙洲才发现沙洲人知传统，重未来。在当下，仍保留着很多古老的习俗，这是一个村子里对传统文化的敬畏。这里的乡土记忆亦是沙洲人对传统文化的尊重。

在沙洲吃汤圆，那种传统的自制汤圆亦是一个游子梦里依稀可见的珍贵记忆。若是真想去体验，有道是：沙洲汤圆甜，最美要相见！

NO.93

沙洲清明粑

清明节前，沙洲瑶族村仍有制作清明粑的传统习俗，谓之做“清明粑”。在汝城的一些村寨，流传下来的做清明粑习俗满含“祭先祖、敬先贤，迎春气、祈丰收”的朴素寓意，在民间已流传千年之久。

明代大旅行家徐霞客行游南方大地时，在乡村品尝了当地百姓做的清明粑，在《徐霞客游记》里留下了“素食之佳品”之略述。沙洲做清明粑，主要以豆子、红薯、野菜等为主，前者以家藏去岁留存的五谷，后者以春季的鲜野菜作为辅料，在敬畏大自然的恩赐时，对食物的敬畏更流淌出几许清色、和美、甘饴与自然之气。

沙洲人做清明粑这一民间俗食分三类：豆粑、红薯粑、野菜粑。事实上，野菜粑的种类更多，有艾草、苎麻等。偶尔还选用腊肉、鲜肉末、花生、芝麻等做成馅料，入肚后，乃一番咸鲜香浓、甜香软糯的味道。野菜清香甜润，其色味口感蔓延舌尖味蕾间，总让人寻觅到无比质朴天然，每一口无不弥漫沙洲春天之曼妙的奇特味道。

沙洲瑶家乐农庄的老板娘黄红梅给我发来做清明粑的视频，让我对沙洲的社火习俗有了更为详尽的了解。每逢清明前，沙洲邻里邀约相伴，摘野菜、洗豆子、刨红薯皮，忙得不可开交。采摘的艾草洗净，家里没有石磨的，用石臼捶，捣烂，把青草汁拌入粗米面。豆子也是，炒熟后，用石臼捶，捣烂，拌入米面中。红薯则煮熟，直接与米面一起用石臼捶成泥。

沙洲人做清明粑讲究邻里之间的和谐。他们会呼朋唤友，会让亲人妯娌间分工合作。一家做清明团，院落、街邻，一个个村子里都是清明粑的味道。家家灶房满是粑香飘过的味道，亦是沙洲人对自然的敬畏，对先祖贤德的追忆与哀思。

在过去岁月中，清明正是物资匮乏的时节。这时，春节过去不久，粮仓开始空虚，连腊肉都开始变得稀有。家家户户以敬先祖之名，常以这种食品充饥，填补肚子饥饿。这种忆苦思甜瞬间将我儿时记忆的乡愁拉满至定格。

每逢清明时节，春意几多催人。沙洲之野，春风和煦，油菜花褪去最后的花束，就开始结果了。桃花谢了春红，李花去了花白，沙洲漫山遍野的青绿成为远近悦来的游客来此踏青的风景。滁河的一江春水，杨柳岸，晓风吹拂，但见媚吐绿间，春意盎然。各种野草的清香，惊起一群又一群白鹭，在天地间飞翔与翱翔。此情此景，沙洲人生活的春天何其美妙，又何其诗意。

沙洲人做清明粑，石臼是极富贡献的。只见一群人手持木杆捶打蒸熟的糯米，一遍又一遍地反复捶打，那节奏像春天的一首韵律。最后糯米成了糊状，即用干米粉包扎，拍打成扁圆状，放入蒸笼里开始蒸熟。

也有在粑粑中加入炒熟的花生、葵花仁、芝麻等配料，用手将米面团捏成圆球，开一个小口窝，往窝里添馅，窝口收拢，轻匀压扁，呈圆饼形状。沙洲人做清明粑，除了传统的这几种味道，也有年轻一代人的创新和变革。他们凭着个人喜好，在其中放入不同馅料，成就了今天沙洲清明粑多姿多彩的种类和丰富的味道。不论锅蒸，还是煎烙，怎么变化都离不开人们对春气与社火的敬畏。

圆粑生坯放入铁锅或甑子，蒸熟后，沙洲人对豆粑、红薯粑情有独钟。架起油锅，开始煎烙，用红糖或者白糖一起翻煎，他们更乐意生活是甜美的。只见平底锅里倒入菜油，烧热，放入圆粑，炆火油煎，双面翻烙，面带焦黄色后，用筷子夹往宽大的圆竹篓里。留在锅间的清明粑依旧幽香入鼻。热气未散，忍不住尝一口，那糯香黏稠的清明粑瞬间暖润身心。

春蔓轻声吟，清明粑醇香。沙洲人除了用来清明节扫墓祭祖摆放，更是用来对过去岁月里的红军先烈进行缅怀。他们将对先人的缅怀思念揉进了生命里的记忆深处，那红色的革命之火在沙洲滚烫炽热地燃烧着。一道沙洲清明粑，透过旧时光，悄然守望着这份红色情怀。

NO.94 沙洲柰李甜如蜜

去沙洲，每次映入眼帘的不光是满眼的青山苍翠和滁河流水依依，车子还没下厦蓉高速，漫山遍野的果蔬就让人垂涎几分。

阳春三月，初到沙洲，本想赶赴沙洲的桃花之约，岂料桃花谢了春红，山上的李子开着怒放的白花，也算圆了我多年未了春花秋月之追问，且将往事搁置，索性将思乡之情寄放在沙洲的热土之上。

转眼已是八月近，也不知道沙洲村道上的桂花树是否开满了金黄的小花，却在沙洲乡亲的微信中看到另外一番场景。无人道来八月桂，满屏却是黄金李。我曾听市里有友人讲，20世纪末，市农业部门派驻专家到文明乡扶贫，专家考察文明乡的优良土质，亦是黄金柰李的绝佳种植地。起初，文明人还有点不情愿，若干年后的今天，文明柰李成为乡村振兴的致富李、幸福李。以沙洲一带种植的黄金柰李搭乘红色文旅的专列，驰骋于华夏南北。

若干年前，我曾买过沙洲山那边的三华李送友人。许是我天生对桃李没有特别的爱好，在我成长的年代缺衣少食不说，在农村生活的孩子最大的记忆莫过于满村偷桃偷李。这次看了沙洲黄金柰李，我忍不住想为沙洲乡亲吆喝几声。

记得五月初，我与爱人访问沙洲，时值午饭时光，朱春华妹子不仅非常热情地为我们临时充当讲解，还热情地拿出自家的水果给我们品尝。朱春华妹子的热心肠深深打动了我们，在她的身上，又看到了沙洲百姓淳朴与坦诚善良的一面。那日，我私下找到朱春华，问她要微信，我把消息转发后，身边不少朋友纷纷加了她的微信。春华妹子临近凌晨给我留言，表示我的很多友人加了她，订单颇多。我回信夸赞，表示被她的真诚所感动。没想到，她坚持要给我快递一箱李子表示惠赠。说真的，我特别愧疚，认为受之有愧。

没过两天，我又发现瑶厨食府朱新亮老哥的小闺女慧成姑娘也在微信里推销自家的柰李。我随即问慧成姑娘，把她的微信在朋友圈里转发，又是一批友人购买，有的甚至成了回头客。慧成姑娘也是一样，向我要了地址，寄来一箱李子。

收到李子后，我爱人先尝了一个。刚咬下去，连声称赞。我也没忍住欲望，尽管心里一万个怕酸，但还是在爱人的称赞中，抛开遐想，一口咬下去，满嘴甜如蜜。沙洲黄金柰李不光甜得特别，还有李子本原的味道。这是其他李子所不能赋予的奇特味道，足见沙洲黄金柰子的品质和别的李子不可同日而语。

沙洲黄金柰子个大如鸡蛋，外表极似心形状，宛如爱情的信物。加上套袋技术的保护，无化肥农药污染，味道自然更加鲜美且清新别致。端午节后正是黄金柰李的高速成长期，吸足水分与养分的黄金柰李铆足了劲生长。待六月后的流火骄阳一晒，果子更加坚硬结实，肉质更加脆甜纯正。

如今，文明黄金柰李成了一种地理标志果子。沙洲这片热土为黄金柰李带来更新的市场辐射力，每一个去沙洲游走的人都无法抗拒这份甜蜜的滋味。

唯有满山的黄金柰李树在风雨中坚守着。在蓝天、绿水、青山交替相叠的乡村画框中，书写一曲甜美的乡村恋曲。而我将努力成为沙洲黄金柰李最卖力的代言人，让沙洲的乡亲们过上更幸福的日子。

地菜煮鸡蛋

“三月三，地菜煮鸡蛋。”这是故乡的一句民间谚语，也是元宵后一个盛大的民俗活动。

我记得小时候，常跟外婆去耒阳东湖镇的小塘铺走亲戚。那时候，人们家里清苦，物资匮乏，鸡蛋便是上等的营养品。每年进入二月后，故乡的田野里除了油菜，很少有其他农作物种植。要是家里的口粮不够，鸡食也是不够的。鸡没有谷子，光靠啄草扒虫，营养是不够的，下蛋也就松懈。好在春节期间的食物充足，剩饭剩菜足以让母鸡憋足劲下蛋。

春分节气后，沙洲村的山野中，小竹笋、蕨菜、胡葱都一一出来，地里的野菜十分丰富。而腊肉炒笋、腊肉炒蕨菜、胡葱煎蛋堪称时令鲜菜。只等三月三，地菜一青绿，就可以把正月积攒的鸡蛋拿出来分享了。

当然，三月三的地菜煮鸡蛋不在于食物，而在于节令。在一个缺乏礼俗的乡村，吃是一种生活最基本的表达，既让日子有了养分，也让生活有了形式。

在沙洲村，地菜叫挫菜，书名荠菜。每年春天，沙洲村最蓬勃的野菜莫过于地菜。春暖花开时，无论是旷野，还是田野之中，随处可见一大片郁郁葱葱的地菜，细嫩、纤细。时间一到，可见星星点点的小白花。趁花未完全盛开，要赶紧去采摘。

沙洲人勤快，早上去菜地浇水施肥，就能在菜地里扯回一竹篓地菜。沙洲人说过，要瞄准那些花儿仍处于含苞欲放状态的地菜下手，开花的地菜不仅味道苦涩，还有点弱碱药性。

烹饪手法简单，先将地菜择其鲜嫩的，打成结。然后下锅连带壳鸡蛋一起煮，待到鸡蛋七八分钟后凝成固体状，过冷水，再搛出轻轻敲碎一端的蛋壳，留一小孔，放入再煮，五六分钟后便可食用。地菜煮鸡蛋重在原汁原味。地菜的清香已完全融入鸡蛋中，鸡蛋和汤汁一起吃起来鲜香可口，别有一番风味。

地菜有一种淡淡的苦味，正是其药性的特征所赋予的口感。有娃儿怕苦味，特别嫌弃苦涩的东西。每次吃地菜煮鸡蛋时，村子里的人都会偷偷地在汤汁碗里加几勺红砂糖，忽略了地菜食物本原的特性，辜负了食物的美味。

这些年，沙洲人品尝地菜煮鸡蛋。每每三月三村子里热闹起来，便仿佛闻到地菜的清香。三月三的地菜煮鸡蛋蕴含着深厚的生活哲理和对生命的感悟。沙洲人地菜煮鸡蛋，不过是为开耕呐喊、助力。这日子更富有新意，鸡蛋象征着圆满，吃了的人日子过得更加圆润、和美。

三月三，沙洲的荠菜生长繁茂，正是采摘荠菜的好时节。沙洲人把荠菜煮鸡蛋，也可以凉拌、可以和鸡蛋一起炒着吃，还可以用来做饺子馅或做汤。

地菜，又叫护生草、鸡心菜，其根、花、籽均能入药。在中药里，荠菜的药用价值非常大，被誉为“菜中甘草”。中医认为，荠菜味甘、性凉，归肝、脾、肾经，有和脾、利水、止血、明目等效用。荠菜食用方法很多，可拌、可炒、可烩，还可用来做馅或做汤，均色泽诱人、味道鲜美，是一道药食同源的美味佳蔬。

在沙洲村，地菜虽是野菜，但营养丰富。用荠菜煮鸡蛋吃不仅有很多好处，而且有很好的寓意，因为荠菜的谐音是“聚财”，所以颇受老百姓的喜爱。

端午粽

粽子起源于洞庭湖一带的汨罗江畔，相传与纪念古代楚国诗人屈原投江有关，为端午节应景物之一。传说粽子是为祭投江的屈原而开始制作流传的，目的是保护屈原的遗体不被鱼吃而损坏，故将粽子作为鱼饵投放江中。于是，每年的端午节这一天，楚国百姓便以互相送粽子来作为对屈原的纪念。

沙洲粽子的造型简易，分为几种做法：一种以三角粽、牛角粽为主，一种以三角粽、包脚粽、锥顶粽为主。多以土法碱水制作，保持着传统的技法，形成独特的乡土美食。

沙洲碱水粽讲究食物的本源。这里的“碱”不是小苏打，因食材由糯米稻草秆烧成的灰尘浸水，浸泡二十四小时净水，取水浸泡糯米，水中带碱而得名。这里浸泡的水取之于井水或者山泉，矿物质之丰富，绝对超乎想象。沙洲百姓做碱水粽，讲究一碗水一碗米，一起浸泡一个晚上。泡发后的糯米色泽微黄，沥干水后包粽子。由此可见，沙洲碱水粽的碱水是天然碱、有机碱。因此，这里的粽子有半月不坏的奇特防腐功效。尤其这里的泉水泡粽，保证粽子四季香醇，晶莹透亮，入口软糯，味甜而具有箬叶的清香。每年端午节，村子里的黄瓜、李子出产，此粽除拌糖吃外，还可搭配白糖拌黄瓜，脆糯香甜，形成奇特的风味。

原料：糯米1000克（一般三口之家的量）。

配料：糯米稻草灰尘浸泡的碱水约1000克，粽叶适量。

做法：准备糯米；用清水淘洗两遍，将水滗出去；重新加入清水没过糯米后倒掉，再加入碱水（1000克左右），翻拌均匀，将糯米浸泡一夜；泡好的糯米沥干水待用；粽叶洗净后放开水中煮5分钟，捞出待用；取两片粽叶叠好，做成一个三角漏斗状，注意尖部要紧闭，以防漏米；用勺子往漏斗中舀入糯米，用多余的叶子将糯米包起来，用棕树叶丝绑好；放入柴火灶上的木甑（圆木桶蒸饭笼）；加水放入锅中，盖上盖子；柴火熬煮一夜，次日清晨出炉；吃时可加糖，或者原味食用。

沙洲碱水粽自成一派味道，所谓的烹饪技巧无非是采用天然的稻草秆烧成灰尘后浸泡的碱水。这里的人种植糯米，保证不施农药，不撒化肥，入口的糯米酿米酒全部采用自然天成。所以，沙洲碱水粽形如玉，质晶莹，入口有糯米的清香，更有烟火人间的气息。端午插艾叶，挂菖蒲，喝雄黄酒，门前门后抛洒雄黄辟邪。在这里，这个传统习俗有双重意义，蕴含着一个地方的精神表达。饮食是乡土文化的灵魂，沙洲碱水粽既是楚文化的传承，也是湖湘文明的延续。

当端午水一涨，滁河的水哗啦啦地流出来。这里的人祭奠屈子，除了粽子，还有龙舟赛。每年赛龙舟要不赶到汝城县城的江河边，要不在附近的河流区域，那种生生不息的文明之鼓在湖湘大地上响起来。

熏腊肉

“小寒大寒，捉猪出栏。”

小寒节气一过，沙洲村的冬天开始真正寒冷，北风凛冽，月光寒冷地投照在村庄的各处，夜是寒的，风是寒的，屋顶是寒的，瓦面上露出一层白霜，赶夜路的人哈一口气都冒着白雾。月光清冷地照射下来，村庄里的一切物质都那么清冷，远处的、近处的一片寂静，又树影婆娑。

这时，某个孤独的窗口传出几声咳嗽，里面有三五家人围着火炉，一边烤火，一边讨论着什么时候杀猪过年、什么时候熏腊肉。开始盘算着年关将至，怎样过个好年节。

沙洲村人好吃腊制品，春节期间，腊盘子菜是一道拿得出手的看家菜。不管你是远方的来客，还是临近的亲戚，这菜一上桌，就满屋生香。腊鸡、腊鸭、腊鱼、腊狗、腊大肠、腊猪脚、腊豆腐，一盘红通通、香喷喷的熏腊肉往中间一放，神仙都挺不住。若有喜庆，必有腊盘子消夜，喝酒的、夹菜的，杯觥交错，一派热闹。女主人在一边极力劝客莫斯文的，盛情给生客夹菜，一时间，宾主一片谦让与盛情交汇，好生隆重。

过去，沙洲村家家户户都养几头猪，靠剩饭剩菜、打猪草、打米糠喂养。逢年过节杀猪补贴家用，春节一到，家家户户都要宰杀一头猪，然后运到集市上买卖。家里留下百把几十斤做人情，熏腊肉。主人家叮嘱屠夫，屠夫就将一板猪肉的胸膛及肋骨处砍下来，顺着一根根肋骨剁成一块长条，尾端的五花肉切成一整片，再按照两斤左右一块，一条条切开。制作熏腊肉的猪肉一般不过水，若是有污秽，则可以水洗。拿一把火钳烧红，将肉皮上的毛烙掉，再用刀刮净表皮的烙印油渍，再用温水洗净。然后挂在屋梁下的铁钩上，待水分一干，就用食盐均匀涂撒。注意涂撒时要做到边角里外反复揉擦。然后起柴火灶把铁锅烧烫，把猪肉带皮的那面在锅里揉搓，这样熏出来的腊肉皮脆易嚼。

随后，主人家会找一把小剪子，在肉皮的一端戳一个洞，用铁丝或者铁钩勾起，挂在柴火灶的烟囱口处，任其熏制。每天月光来临，吃罢晚饭，主人家趁着柴火膛里的木炭正旺，拿来松树枝、香樟树枝，还有晒干的艾叶枝、豆壳、蜡叶草等铺垫，中间再铺一层鲜松针枝，再在上面铺一层木工锯下的木屑粉或者谷秕，用烟火慢慢烘熏。三五天过后，腊肉的味道开始逐渐浓烈，就不再在夜间铺垫这些树枝，每天顺着灶台煮饭炒菜的烟火自然熏烤。待到小年夜前夕，主人家就会把腊肉取下来，挂在楼阁下待用。经过熏制的腊肉看上去黑乎乎的，可保存期长。熏腊肉的肉质干燥，在通风良好的人家，可以保存一年半载也不变质。

沙洲村人熏的腊肉炭灰少，较为干净，看上去黄里透红、色泽香醇，又油光发亮。若是家里来了客人，用淘米水烧得温热，再用丝瓜瓤一擦洗，保证香甜诱人。每逢家里来客，干红辣椒、干豆角、干笋片、干辣椒都可以作为配菜，再用茶油和蒜苗、子姜一炒，入口即香。熏腊肉风味独特，吃起来，瘦有嚼劲，肥不腻口，若是嚼上五花肉那块，更是回味无穷。就连当年的慈禧太后都赞不绝口，连喊：“好吃，好吃，美味在民间！”

沙洲柴火熏腊肉和所有湖南山村的熏腊肉既是远亲，又是近邻。它让湖南人欲罢不能，即便湖南人在异乡的湘菜馆里一次又一次地寻找与迷恋。

夜宵让沙洲越夜越有味

那天下午，我们从郴州出发，沿夏蓉高速到汝城，途经五盖山景区、赤石大桥。这条路之神奇在于五盖山到赤石大桥段常年云雾缭绕，宛如仙境。过了这座桥，很快就进入汝城地界，到文明乡不久，向右拐下高速，直奔沙洲村。

到沙洲村后，将车停泊在燕归来山庄门口，找了一家民宿住下。青年老板姓朱，热情接待。简短交流中，得知他三年前在广州闯荡，如今搭乘沙洲这趟“红色快车”，返乡创业。我放下行李后，便到村子里四处游逛。

来到沙洲村广场，首先映入眼帘的是一座雕塑，讲述了一段鲜为人知的军民鱼水情。长征路上，三个女红军借宿徐解秀老人家，临别之际，她们把自己仅有的一床被子剪下一半给老人留下。老人说，什么是共产党，共产党就是自己有一条被子，也要剪下半条给老百姓的人。这故事虽短，却温暖人心，看得我当即热泪盈眶。

广场后的青山如屏，青砖灰瓦的湘南古民居错落有致。一条条街巷，鹅卵石铺设得整齐平坦。从朱氏祠堂穿过小巷，感受村落里斗转星移的安然与寂静。其时，夜色开始暗淡，小村四周的路灯徐徐点亮。广场上三三两两有游人趁着夜色，在广场上瞻仰。小巷之中，偶尔有几个行人经过，他们操着不同的口音，在夜色中寻找些什么、打探什么，又似乎什么也没有。夜半，我回到民宿，洗漱后侧卧在床上，屋后的夜鸟不时传来啼唱，是不是在叫我去逛一逛夜晚的沙洲又是一个什么样子呢？

此时，我肚子正有点饿，于是披衣走出旅馆，来到民宿区。原来，沙洲的夜宵摊位和小酒馆都在营业。这里毕竟是乡村，却没想到还有如此多醒着的人，还有像我一样寻味的口舌和永远需要填充的胃口。一个地方的夜晚一旦有美味的诱惑，就会有欢声笑语和嬉笑怒骂。这时的沙洲是多么的有烟火味。民宿增添了消费体验，夜宵更是给来这里住宿的人增加了欢娱。

我随意选了一个夜宵摊，点了几串烧烤、一盘炒粉，外加两瓶啤酒，坐下来让这个夜晚有了向上升腾的感觉，整个沙洲也有了向上升腾的感觉，我也便有了向上升腾的感觉。

那晚，我不知沙洲是什么时候沉睡的，也不知自己是什么时候回到民宿安睡的。

一夜无梦，又仿佛一直在梦中。

这里的夜宵让乡村更加有风情，有味道。

次日清晨六点，我早早起床，沿着滁河一路而上。村前村后满眼都是绿色生态资源，村后的磐石山和村前的田园中，桃树非常妖娆，流水非常欢畅。绕到村中央，在徐解秀故居、红军卫生部旧址，到处可见有关红军长征的历史故事。古民居、古宗祠、古桥，随处可见瑶家文化的魅力。在黄娭驰家门口，正好遇到她，她慈祥地向我问好。从她家门口悬挂的照片来看，2020年9月16日下午，国家领导来到郴州市汝城县文明瑶族乡沙洲瑶族村，正是拉着黄娭驰的手。而黄娭驰的一声问好足见沙洲民风之淳朴，也就不难理解当年红军女战士的深情厚谊。

选择来更有教育意义的沙洲村看看。

早上到了沙洲村后，我们参观了“半条被子”的温暖专题陈列馆、中国工农红军总司令部、中央红军卫戍司令部旧址等。来到村广场，参观了“半条被子”发生地旧址。随后，一家老小又来到红军桥，参观了滁河非遗独竹漂绝技。只见两个古装女子脚踩一根楠竹，手持一根竹竿在滁河水上漂行，恰如达摩祖师的一苇渡江。胡平则和兄妹几个到旁边的露营中心租下了一顶帐篷，索性围炉煮茶，让孩子们安心看竹漂和抓泥鳅。

胡平是火锅店老板，我想他来沙洲是来感受这里的红色氛围的，对吃应该不会感兴趣。但是他却对我说：“来沙洲，才终于尝到自己的手艺，以后一定要多来。”确实，平时他很忙，都是为客人提供服务，一切都是按客人的要求来定制口味。这次终于真正闲下来，为家人在厨艺上露了一手，也为自己提升了几分人格魅力。只见他的帐篷旁堆满了吃剩的各种美味的残余，可想这味道有多美。更重要的是，通过这种露营方式，可以真正做一回自己的主人，完全按照自己和家人的口味，在野外来一场味觉的盛宴。

我经过露营中心时，场地已经爆满。我在南方城市生活了二十余年，经常在周末的朋友圈里发现朋友们不是在露营，就是在去露营的路上，足见眼下的休闲方式，火出圈的露营竟然如此受人们青睐。

沙洲村自然风景秀丽，这个瑶族传统小村落保持着一些历史痕迹的印记。青砖墙，青瓦建造的湘南民居，古老的青石块铺地，村前村后的青山绿水，果树花草，特别招人喜欢。人在沙洲走，宛如画中游。滁河蜿蜒地穿过小村，河堤边的杨柳依依，月季花四季盛开，放眼一看，皆如诗如画。

这个“五一”，早稻插秧刚过，村子里的黄金柰李、黄金梨、黄桃、枇杷正枝头挂果。“五一”又正好天气回暖，雨后放晴，来沙洲旅游的人员更是络绎不绝，每天数以万计的游客被带到这里。还有不少人带着露营装备来到沙洲，和好天气来场“约会”。

沙洲长征酒店负责人得知游客的意向，索性在今年五一推出了贴心的露营服务。“五一”假期，沙洲村露营中心绿地露营位一位难求。露营为沙洲红色文化助力，一跃成为热门追捧的文旅项目。

沙洲红色文化的重视，必然会带动一个庞大的市场迅速崛起。未来，饭店、民宿、独竹漂、抓泥鳅、露营及其他文化项目可能成为沙洲乡村振兴的新增长点。

沙洲这个“五一”假期的表现从侧面反映出后疫情时代的助推作用。人们对“诗和远方”的渴望定能用跋山涉水，为自己和家人“偷得浮生半日闲”。轻奢、亲近自然成为当下青年一代社交生活的新选择。

我想，露营在沙洲将能成为一种新的时尚，沙洲以新的姿态，让游客体验多元和新鲜的休闲方式。研学、农耕体验、骑行、赏花、音乐会、露营等休闲项目，传递着新的时代属性。

友好村，先来一场美食大融合

我与益阳文化重叠的长度大抵是从三十年前开始的。此前，我对益阳的认知不过是地理意义上的划分。在洞庭湖，以水乡的名义对益阳进行勾勒。比如益阳的鱼、虾、蟹，确切地说，是洞庭湖的鱼、虾、蟹，还有安化的黑茶、擂茶，南县的小龙虾。

时值2023年益阳市文旅融合发展大会，应湖南省作家协会邀请，十多名湖南籍在外作家回家活动，我有幸参加。到清溪村，一股文学的味道妙趣横生般地扑面而来。在周立波故里，看始建于乾隆五十三年（1788）的周立波故居，打探作家怎样走出小山村，从而成为一名战士、学者、作家。对于我而言，瞻仰周立波故居是自小的一个心愿。从懂事起，我便从大哥的嘴里听他讲《山乡巨变》的故事。到了清溪村，村口的铁路高架桥不时有高铁经过。在桥墩下，一幅幅绘有《山乡巨变》的连环画述说着这部名著的点点滴滴。村子里，田野中，蓝天白云，荷塘柳风，一排排翠绿的竹子与青瓦白墙相映成趣。其实这就是我梦里的故乡、久违的故乡。

许是乡村振兴的独特背景，清溪村的乡村振兴赋予的知识产权为文学之乡，这在国内罕见，也可见益阳领导的远见与高明。很多乡村振兴种种花，种种草，搞一个短暂的活动，就再也没有什么实质性的内容了。清溪村的知识产权内涵是具有庞大文学内涵和文学流量的吸聚能力的，同时赋予了强大的商业变现能力。我个人觉得，清溪村光凭文学这一个知识产权的定义足以走在全国前列。清溪村的文学知识产权足以引起民众的兴趣、追捧。在文学的殿堂里，转化成精神的价值并促进经济发展。

在清溪，一只风筝足以飞越蓝天。在清溪，一部单车足以邂逅春光和秋日的花香。在清溪，一阵闲庭信步足以感受盛夏的炽热和冬雪的浪漫。在清溪，徜徉在书屋，在书海中遨游，在星光点点的夜空下，感受名家的无限魅力。在清溪，听流水潺潺，听八百里洞庭正浩瀚无言的波光下，述说湘楚文化的千年脉络。在清溪，一片片竹林在摇摆中唱颂着湖湘儿女的正直和不呵。在清溪，温一壶黑茶，品千年茶马古道和传说……每每随着讲解员参观，给人的震撼不再是一个又一个湖湘文化的感动。内心的距离已是一个回乡的游子难以企及的精神高度。当你步入中国当代作家签名版图书珍藏馆，50万部图书会让你再次震撼。我对身边的友人说，这50万部图书肯定不能借阅的。否则，不出时日，书籍全部被翻得烂边，其收藏的意义会徒然尽失。未来科技中，这个图书馆里，若是每一个读者来能翻看电子版的，该多么有意义。

就在我们离开清溪的路途上，益阳高新区鱼形湖东路的红枫大道让人着迷。车上的讲解员说，这条大道全长6.8公里，共有近7000棵红枫树。秋风起，枫叶红，几排红枫树蜿蜒向远方，让人忍不住亲近、更亲近。于是，我想起岳麓山的爱晚亭，毛主席少年时的身影。杜牧先生的七言绝句《山行》："停车坐爱枫林晚，霜叶红于二月花。"这红枫让人诗意朦胧，又有季节的几许惆怅。离开故乡二十年，在南方甚少感受到秋天和红枫，那种惆怅与季节的变幻无常模糊不清，继而引发内心对季节的恐惧。当再次看到如今盛大的红枫，内心就像被一只手紧紧地拽着，拨弄的却是思乡琴弦。

中午就餐，饭店推出的菜肴和茶点十分丰盛，有安化黑茶、桃江擂茶，还有小龙虾、大通湖鱼头、水豆腐、猪脚、益阳腊肉、卤猪脚、干笋肉丝、豆腐乳、红辣椒拌洋姜、吊笋、青椒炒肉等精美菜肴。唯有桌子上的一坛子甜米酒令同桌的湖南籍在外作家个个拿着碗盛一碗，边吃边盛赞这极美的味道。我们都知道，离开故乡多年，可能没有机会品尝这样的米酒，就像许多年前尝到母亲或者外婆酿的米酒，然后逃离故乡。在孤独的异乡，尽管我们会有诗有酒，但内心忽略了尘封岁月中尚有一碗亲情的陈酿。

吃完饭，准备返程，巧遇到在故乡红色沙洲村工作的老朋友——郴州市驻村第一书记谭书记。他们于前几日便到达清溪村。作为清溪村的友好村，沙洲与清溪早在2022年就已经签订友好协议。这次，郴州汝城县沙洲村与益阳高新区清溪村再次签订合作协议，正式缔结“友好村”，作为本次益阳旅发大会的献礼，双方将建立长期、稳定、全面的合作关系，深入推进美丽乡村建设与乡村振兴战略。

我想，这下文化的交流会赋予更多的含义。沙洲村与清溪村建立两地长期旅游合作机制，同时发挥两地之间的资源优势，加强两村经济交流合作，在党建、产业、乡村治理等各领域加强沟通与协作。“立波故里”清溪村与“半条被子”故事发生地——红色沙洲村，将共同书写乡村振兴新时代新画卷。

两地最大的共同点在于美食。清溪村以地道益阳美食来征服游客，洞庭美食，山野之物。沙洲则以南岭高山美食和滁河美食来征服游客。两种美食都是依靠山水之间，既有着关联，也有着相似的特点。

两地已缔结成“友好村”，怎么样做好融合的大文章值得我们深思。我是一个美食作家，如果要有所思考的话，肯定还是离不开吃。首先让两地的美食相互借鉴，做到优势互补，突出特色，这是两地餐饮业一条不错的发展路径。毕竟喜欢旅行的人大都喜欢美食，搞定他们的胃是每个景区必做的一大功课。

后记

回味沙洲

我去沙洲时，没有什么想法，纯粹以一个旅人和行者的姿态。

郴州自古多景观，真正让世人留下记忆的，除了历朝历代的文人墨客留下的诗词，剩下的怕是只有徐霞客在郴州记录下来的《郴州日记》。这位旅游达人和我不同，他所生活的时代仅种稻子，没有我所在的时代那么烦琐，那么繁华。

在明朝末年战火遍地、盗贼纷起之时，徐霞客凭着对大好河山的酷爱，背着干粮出游，足迹遍布滇、黔、川、湘等南方诸省，探奇览胜，历尽艰险，几致性命不保，仍无怨无悔。虽然由于种种原因，未能达到其走遍全国奇山异水的初衷，但已成空前壮举，留下中国旅游史上的佳话，被视为奇人。尤其令人心折的是，他将每日出游的亲见、亲历、亲闻笔之于纸，写成《徐霞客游记》一书，笔触生动简练，堪称文学巨著，许多篇章可与《水经注》媲美，且具有地名学、地理学、风俗学、史料学、人口学、旅游学的巨大价值，实为重要的文化遗产，被后世称为奇书。基于此，我去沙洲后，遇到郴州市委驻沙洲村第一支部书记谭诗华，开始有了不同的理解。

后来，我多次去沙洲行走，与沙洲村子里的人成了朋友。这些人都是沙洲原居民户，他们对沙洲的认知和理解与我完全不一样。从他们的叙述中，我领略到了沙洲不一样的美，这里除了山水之秀美、民风之淳朴、风俗之奇异、村庄之古色、名胜之原貌，还具有丰富的红色文化内涵。此外，我也从谭诗华书记身上看到了沙洲在乡村振兴和富民政策的落实上展现出了新的亮点。沙洲的餐饮美食实际上就是一幅宏大的红色文旅新画卷。我跟谭书记说，在红网《沙洲日记》专栏中，帮我开设一个《百味沙洲》专栏吧。他当即答应，我也就有了动笔的勇气。说实话，如果不是多年在报纸开设《美食写作》专栏，我很难将这个系列文章在媒体里快速推出。毕竟郴州没有更好的媒载来承载沙洲的美食文章。偏偏我有霞客之心，正好又有了霞客之遇。

从第一次到沙洲旅游回来，最初我只是想写一篇有关沙洲的文章，慢慢地，这些想法发生了根本性的变化。于是我开始尝试从另外一个角度来书写沙洲故事。

早在三十年前，在故乡工作时，我就与驻村第一书记谭诗华相识。到了沙洲后，发现他在沙洲所做的一切都那么有意义和价值，他们是真正全心全意在为沙洲百姓的幸福谋事。我心里知道，当下沙洲的振兴，除了红色文旅的赋能，更多应该在文化振兴上赋予新的触角。

沙洲村的宣传固然有其独特的敏锐性，我在沙洲美食写作的过程中，始终抓住这一主旋律，在沙洲文旅与乡村振兴的过程中，以一种新的文化表现方式来歌颂这个红色的村庄。

2023年，我连续八次去沙洲，走访沙洲的各家餐饮负责人。沙洲的美食，也就五六家数得出的餐饮店，比如沙洲瑶家乐、沙洲瑶厨、沙洲食府、湘顺湾农庄等，有黄红梅夫妻，有朱晓勇大哥，有朱新亮大哥一家，有瑶湘韵味特产店的老板娘，有民宿店的朱志旭老弟，有徐解秀老人的孙子等。他们每个人都有一个故事，我很想把每个人的故事讲述出来。在沙洲村，这种书写成了我的救赎。我经常在沙洲的餐饮店里拍菜，到厨房里观看厨师的技艺。在文学的世界里，寻找新的沙洲书写使命。当然，也有人不是特别支持，是什么原因，我也无从得知。

沙洲餐饮搭建了一个特立独行的文学象牙塔。在一年的时间内，我基本上完成了近十万字的创作。当我在今年初得知湖南省作家协会开展“奋进新征程、书写新史诗”全省重大作品扶持申报活动时，想申报这一项目。把“半条被子”故事发生地湖南省郴州市汝城文明乡沙洲瑶族村的生活、饮食以及风土人情，通过美食故事创作，将红色沙洲在新时代乡村振兴中，展示郴州市委驻村工作队帮助引导当地村民回乡创业，以地方饮食带动一方奋斗，以文学书写红色沙洲在脱贫攻坚路上所取得的成果，并通过红网《沙洲日记》栏目呈现，为全面建成小康社会贡献文学的力量。在新的长征路上，奋进新征程，书写时代新史诗。本书内容分为三个部分：一是美味篇，涵盖沙洲各种地道美食；二是风味篇，涵盖一些凉拌菜系；三是寻味篇，涵盖沙洲风物和乡村振兴与文旅，展示沙洲在新的征程中不一样的风物与精神。到这一年三月后，我加快了速度，利用晚上、周末的空余时光抓紧写作。近两个月时间内，我完成了十万多字的写作任务，感谢驻村的郴州市委办谢良球老师、市财政局侯志文老弟的支持，他们的鼓励成了我写作的动力。

对于写作，我爱人特别支持，这是一个作家幸福的秘密，因爱而彼此心照不宣。当一个人试图用书写来经营婚姻和家庭的时候，就得将爱在日常生活中表达出来，偶尔帮助做家务，给爱人讲述写作中遇到的美好故事都值得彼此分享。她既是我的倾听者，也是作品的第一个审美者。当我带她去沙洲游玩，她内心所构建的沙洲形象已经与我笔下的沙洲同频共振。

开始动笔的时候，我并没打算把沙洲的故事以红色的主题来书写。我不是一个高明的报告文学作家，或者特别优秀的写手。当《百味沙洲》系列文章推出后，受到了家乡的两位恩师——湖南省作协副主席谢宗玉与郴州市作协主席王琼华的肯定，这给了我莫大的信心和勇气。我对厨艺的爱好更是给了我莫大的信心。因为对我来说，在这个领域中所能触及的话题并不陌生。

直到写完后，我才发现《百味沙洲》不光是沙洲的，更是郴州菜系乃至湘菜的一种诗意表达。因为这种努力，在离开故乡多年的时光里，我实现了精神还乡。那些我以为徒劳挣扎的乡思并不是那么毫无意义。一个人在美食中实现自我拯救，那是在漫长的写作过程中，对自我的一种肯定。

《百味沙洲》出版之际，我觉得沙洲的未来会更加美好，沙洲的春天也会更加美好。正如沙洲的黄金柰李那样光亮、甜美，只要尝一口，就有动力将这个美好的故事写出来。

山水画卷，郴州相见。沙洲是郴州的一幅红色画卷，也是中国的一幅红色画卷。讲好沙洲故事、讲好郴州故事、讲好湖南故事、讲好中国故事是我辈义不容辞的事。

谭旭日于广东佛山

2024年5月5日